中 / 华 / 少 / 年 / 信 / 仰 / 教 / 育

革 命 家 书

中华少年信仰教育读本编写委员会 / 编著

信仰创造英雄　信仰照亮人生

 中国出版集团有限公司

 世界图书出版公司
北京　广州　上海　西安

图书在版编目（ＣＩＰ）数据

革命家书 / 中华少年信仰教育读本编写委员会编著
. —北京：世界图书出版公司，2016.5（2024.5 重印）
ISBN 978-7-5192-0862-2

Ⅰ. ①革⋯ Ⅱ. ①中⋯ Ⅲ. ①革命烈士—书信集—中
国 Ⅳ. ① I266

中国版本图书馆 CIP 数据核字 (2016) 第 049015 号

书 名	革命家书
	GEMING JIASHU
编 著	中华少年信仰教育读本编写委员会
总 策 划	吴 迪
责任编辑	梁沁宁
特约编辑	张劲松
出版发行	世界图书出版有限公司北京分公司
地 址	北京市东城区朝内大街 137 号
邮 编	100010
电 话	010-64033507（总编室） （售后）0431-80787855 13894825720
网 址	http：//www.wpcbj.com.cn
邮 箱	wpcbjst@vip.163.com
销 售	新华书店及各大平台
印 刷	北京一鑫印务有限责任公司
开 本	165 mm×230 mm 1/16
印 张	13
字 数	169 千字
版 次	2016 年 8 月第 1 版
印 次	2024 年 5 月第 5 次印刷
国际书号	ISBN 978-7-5192-0862-2
定 价	48.00 元

序　言

信仰是什么？

列夫·托尔斯泰说："信仰是人生的动力。"

诗人惠特曼说："没有信仰，则没有名副其实的品行和生命；没有信仰，则没有名副其实的国土。"

信仰主要是指人们对某种理论、学说、主义或宗教的极度尊崇和信服，并把它作为自己的精神寄托和行动的榜样或指南。信仰在心理上表现为对某种事物或目标的向往、仰慕和追求，在行为上表现为在这种精神力量的支配下去解释、改造自然界和人类社会。

信仰，是一个人在任何时候都不能丢的最宝贵的精神力量。人有信仰，才会有希望、有力量，才会树立正确的价值观，沿着正确的道路前行，而不至于在多元的价值观和纷繁复杂的世界中迷失方向。

信仰一旦形成，会对人类和社会产生长期的影响。青少年是社会的希望和未来的建设者，让他们从普适意识形成之初就接受良好的信仰教育，可以令信仰更具持久性和深刻性，可以使他们在未来立足于社会而不败，亦可以使我们的伟大祖国永远立于世界民族之林。

事实上，信仰教育绝不是抽象的、概念化的教育，现实生活中，我们有无数可以借鉴的素材，它们是具体的、形象的、有形的、活生生的，甚至是有血有肉的。我们中华民族有着几千年的辉煌历史，多少仁人志士只为追求真理、捍卫真理，赴汤蹈火，前仆后继；多少文人骚客只为争取心中的一方净土，只为渴求心灵的自由逍遥，甘于寂寞，成就美名；多少爱国志士只为一个"义"字，不惜抛头颅、洒热血。他们如滚滚长江中的朵朵浪花，翻滚激荡，生生不息，荡人心魄。如果我们能继承和发扬这些精神和信仰，用"道"约束自己的行为，用"德"指导人生的方向，那么我们的文明必将更加灿烂，我们的国运必将更加昌盛。

正基于此，"中华少年信仰教育读本系列丛书"应运而生。除上述内容外，本丛书还收录了中国人民百年来反对外来侵略和压迫，反抗腐朽统治，争取民族独立和解放，前赴后继，浴血奋斗的精神和业绩，尤其是中国共产党领导全国人民为建立新中国而英勇奋斗的崇高精神和光辉业绩；不仅有中国历史上涌现出的著名爱国者、民族英雄、革命先烈和杰出人物，还有新中国成立以后涌现出的许许多多的英雄模范人物。

阅读这套丛书，能帮助青少年树立自己人生的良好的偶像观，能帮助青少年从小立下伟大的志向，能帮助青少年培养最基本的向善心，能帮助青少年自觉调节自己的行为，能帮助青少年锁定努力的方向，能帮助青少年增加行动的信心和勇气。

习近平总书记说："人民有信仰，民族才有希望，国家才有力量。"因此我们有理由相信：少年有信仰，国家必有希望。

中华少年信仰教育读本编写委员会

目录

秋　瑾

> 水激石则鸣，人激志则宏，他日得于
> 书记中留一名，则平生愿足矣。

作者简介

秋瑾（1875—1907），字璇卿，号竞雄，别署鉴湖女侠，浙江绍兴人。1896年，嫁湘潭富绅。1904年赴日本留学，积极参加留日学生的革命活动，并先后加入光复会和同盟会。1906年返回上海，办《中国女报》，宣传妇女解放，鼓吹民主革命。后回到绍兴，在大通学堂女学任教，组织光复军，积极准备举事。1907年，与徐锡麟相约于浙、皖同时起义。事泄，徐锡麟刺杀安徽巡抚恩铭未遂，被捕就义。清政府因她与徐锡麟有联系，发兵包围大通学堂，秋瑾被捕，于7月15日从容就义于绍兴轩亭口。

书信内容

大哥大人手足：

前在杭州发一函，未知收到否？江亢虎如有可为力处，虚与周旋可也，如无可注意者，慢慢与之绝交可也。陶大均允为谋事，近有消息否？

二妹常有信来否？讨取百金，不妨决裂，因彼无礼实甚，天良丧尽，其居心直欲置妹于死地也。且我秋家以为无人，妹已唧之刺骨，当以仇敌相见，吾哥亦有以教我耶否？呜乎！妹如得佳偶，互相切磋（此亦古今红颜薄命之遗憾，至情所共叹），此七八年岂不能精进学业？名誉当不致如今日，必当出人头地，以为我宗父母兄弟光；奈何遇此比，匪无受益，而反以终日之气恼伤此脑筋。今日虽稍负时誉，能不问心自愧耶？父母既误妹，我兄嫂切不可再误侄女。读书之人，虽无十分才干者，当亦无此十分不良也。母亲以妹子身漂泊为念，妹强慰解之，抚心自问，妹亦非下愚者，岂甘与世浮沉，碌碌而终者？水激石则鸣，人激志则宏，他日得于书记中留一名，则平生愿足矣。无使此无天良之人，再出现于妹之名姓间方快，如

后有人问及妹之夫婿，但答之"死"可也。吾哥虽未目见身受妹之魔境，但怨毒中人，当亦不以妹为过甚，况二十世纪之人，当亦不甘受此荼毒也。吾哥闻之，责我耶？忧我耶？笑我耶？教我耶？可明以示妹也。

岁月逼人，奈何？奈何？妹在绍前月二十六动身，在申半月，十五日上船，二十一到东。

偶感采薪，草草书达，即请

暑安，伏乞珍摄。

妹瑾

点评

这封信选自《秋瑾史迹》。信是秋瑾写给大哥秋誉章的，写于1905 年秋瑾在日本留学期间，体现了她对封建婚姻的反抗精神和不甘"与世浮沉，碌碌而终"的宏图大志。

秋瑾对自己的婚姻自始至终都是不满意的。婚姻对秋瑾来说，就像一座围城，一直到牺牲时都没有摆脱。

1894 年，秋瑾 20 岁时，由父母安排，嫁给湘潭富绅之子王子芳。王子芳虽然也曾读过书，但胸无大志，只知道吃喝玩乐，是个十足的纨绔子弟。而她的婆婆也思想顽固，性情暴躁，对秋瑾要求非常苛刻。结婚以后，秋瑾每天都要早晚两次去向婆婆请安，一举一动都要严守家规，稍有不慎，就会受到指责。秋瑾天性豪爽不拘、刚烈奔放，在婆家严苛的环境中，自然心怀抑郁。

1899 年戊戌政变后，王子芳花了上万两银子捐了一个户部主事的京官。全家搬到了北京。王子芳整天忙着迎官拜客，夫妻感情越发疏远冷淡。

到北京后，秋瑾结识了几位进步女性，思想境界大为开阔。她还结识了一位日本妇女——京师大学堂日本教习服部博士的妻子服部繁子。秋瑾从她那里了解了许多有关日本的情况。秋瑾决定到日本去留学，探索人生之路，探索报国之策。为表示决心，她还毅然脱掉了女儿装，坚立男儿志。

1904 年 3 月，秋瑾与服部繁子毅然登上了东渡轮船。秋瑾在封建樊篱中苦苦挣扎了 8 年后，终于彻底走上了反清爱国的革命之路，成为顶天立地的巾帼英雄。

吴　樾

势不得不为一己计，则当捐现在之有限岁月，而求将来之无限尊荣。

作者简介

吴樾（1878—1905），字孟侠，又字梦霞，安徽桐城人。1902年就学于保定高等师范，后在蔡元培的介绍下加入光复会。1905年，清政府派绍英、载泽、端方、戴鸿慈、徐世昌五大臣出洋考察宪政，他深恨清政府预备立宪骗局，9月24日在北京车站谋炸出洋五大臣，事败，壮烈牺牲。

书信内容

人之死生亦大矣哉！盖生必有胜于死，然后可生；死必有胜于生，然后可死。可以生则生，可以死则死，此之谓知命，此之谓英雄，昧昧①者何能焉！生不知其所以生，死不知其所以死，以为生有生人之乐，死则无之，故欲生恶死之情自往来于胸中而不去，则此准之生如秋蝉，死若朝菌②者，可无足怪矣。若夫号称知命之英雄，向人则曰："我不流血谁流血？"此即我不死谁死之代名词耳，及至可以流血之日，而彼则曰："我留此身将有所待。"持之又久，则此身或病死或他故而死。吾知其将死之际，未有不心灰意冷，勃发天良，直悔前言之不践，与其今日死不如昔日之不生也。然悔之何及，徒益悲伤耳。此吾之所为有鉴于此，而不敢不从速自图焉。亦以内顾藐躬③，素非强壮，且多愁善病，焉能久活人间？与其悔之他时，不如图之此日。抑或苍天有报，偿我名誉于千秋，则我身之可以腐灭者，自归于腐灭；而不可以腐灭者，自不腐灭耳。夫可以腐灭者，体质；而不可以腐灭者，精灵④。体质为小我，精灵为大我。吾非昧昧者比，能不权其大小轻重以从事乎？而况奴隶以生，何如不奴隶而生？以吾一身，而为我汉族倡不奴隶之者，其功不亦伟耶！此吾为一己计，固不得不出此，即为吾汉族计，亦不得不出此。吾决矣，子将何如？古人有言曰，人固有一死，死有重于泰山，有轻于鸿毛。子即不为汉族计，亦独不为己计乎？子自思身材之短小，体气之柔弱，精神之欠乏，饮食之简少，且卫生之不讲，心境之不宽，劳苦之不耐，疾病之时至，非较吾为尤甚乎？吾窃不逊，若子能寿一百，吾即能寿年一百一十。吾今自思不过得寿四五十，子可作比例观。且子多寿，有何所用？虽如彭祖⑤，亦不过饮食衣服之较多于人，而况子非其比。势不得不为一己计，则当捐⑥现在之有限岁月，而求将来之无限尊荣。且也，以个人性命之牺牲而为铁血强权⑦之首倡，此为一己之计，即所以为汉族计也，非一举而两得乎？予再三覆思之。如以吾言为然，则请为子书善死之策；若以为否，则请留此书于临死之日，再一阅之，以证吾之见地如何。

注释：

①昧昧：昏暗，糊涂。

②朝菌：菌类植物，朝生暮死，比喻极短的生命。《庄子·逍遥游》："朝菌不知晦朔。"

③内顾藐躬：自己审视自己的微贱之躯。

④精灵：精神魂魄。

⑤彭祖：古代传说中的长寿者，在商为守藏史，在周为柱下史，年八百岁。

⑥捐：舍弃。

⑦铁血强权：指作者理想的新生共和政权。

点评

本篇选自《民报》"天讨"号增刊。这是吴樾在行刺出洋考察宪政的五大臣前，写给未婚妻的信。在信中，他劝告未婚妻要树立正确的生死观，不要平平庸庸，"生如秋蝉，死如朝菌"，而应该"捐现在之有限岁月，而求将来之无限尊荣"，表现出一个民主革命者勇于为共和事业献身的崇高精神。

清朝末年，政府腐朽无能，外国列强趁机瓜分中国。中国内忧外患，面临亡国灭种的民族危机。为了维护风雨飘摇的统治，清政府宣布预备立宪。为了揭穿清政府预备立宪的骗局，吴樾决定刺杀出洋考察宪政的五大臣。

1905年9月24日，五大臣正式出洋考察。吴樾穿上仆役衣服混进火车，在火车开动之际引爆身上的炸药，准备与五大臣同归于尽。吴樾当场被炸死，另有两人死亡。五大臣仅受了轻伤。

吴樾的未婚妻知道夫君殉国的消息后，慷慨自刎以殉情。

吴樾行刺五大臣的事迹很快传遍天下，同盟会的"天讨"号增刊把他的遗著全部发表，追认他为盟友。

林觉民

吾充吾爱汝之心，助天下人爱其所爱，所以敢先汝而死，不顾汝也。

作者简介

林觉民（1887—1911），中国民主主义革命者，字意洞，号抖飞，又号天外生，福建闽侯（今福州市）人。14岁进福建高等学堂，毕业后留学日本，加入中国同盟会，从事革命活动。1911年春回国，和族亲林尹民、林文随黄兴、方声洞等革命党人参加广州起义（黄花岗起义），在进攻总督衙门的战斗中受伤被俘。在提督衙门受审时，他慷慨宣传革命道理，最后从容就义，是"黄花岗七十二烈士"之一。

书信内容（节选）

意映卿卿如晤^①：

　　吾今以此书与汝永别矣！吾作此书时，尚是世中一人；汝看此书时，吾已成为阴间一鬼。吾作此书，泪珠和笔墨齐下，不能竟书而欲搁笔，又恐汝不察吾衷，谓吾忍舍汝而死，谓吾不知汝之不欲吾死也，故遂忍悲为汝言之。

　　吾至爱汝，即此爱汝一念，使吾勇于就死也。吾自遇汝以来，常愿天下有情人都成眷属；然遍地腥云，满街狼犬，称心快意，几家能够？司马青衫^②，吾不能学太上之忘情^③也。语云：仁者"老吾老以及人之老，幼吾幼以及人之幼"^④。吾充吾爱汝之心，助天下人爱其所爱，所以敢先汝而死，不顾汝也。汝体吾此心，于啼泣之余，亦以天下人为念，当亦乐牺牲吾身与汝身之福利，为天下人谋永福也。汝其勿悲！

　　汝忆否？四五年前某夕，吾尝语曰："与使吾先死也，无宁汝先吾而死^⑤。"汝初闻言而怒，后经吾婉解，虽不谓吾言为是，而亦无辞相答。吾之意，盖谓以汝之弱，必不能禁失吾之悲；吾先死留苦与汝，吾心不忍，故宁请汝先死，吾担悲也。嗟夫！谁知吾卒先汝而死乎？

　　吾真真不能忘汝也！回忆后街之屋，入门穿廊，过前后厅，又三四折有小厅，厅旁一室，为吾与汝双栖之所。初婚三四个月，适冬之望日前后，窗外疏梅筛月影，依稀掩映，吾与汝并肩携手，低低切切，何事不语？何情不诉？及今思之，空余泪痕。又回忆六七年前，吾之逃家复归也，汝泣告我："望今后有远行，必以告妾，妾愿随君行。"吾亦既许汝矣。前十余日回家，即欲乘便以此行之事语汝，及与汝相对，又不能启口，且以汝之有身也，更恐不胜悲，故惟日日呼酒买醉。嗟夫！当时余心之悲，盖不能以寸管^⑥形容之。

　　············

吾平生未尝以吾所志语汝，是吾不是处，然语之又恐汝日日为吾担忧。吾牺牲百死而不辞，而使汝担忧，的的非吾所忍。吾爱汝至，所以为汝谋者惟恐未尽。汝幸而偶我，又何不幸而生今日之中国！吾幸而得汝，又何不幸而生今日之中国！卒不忍独善其身。嗟夫！巾短情长，所未尽者，尚有万千，汝可以模拟⑦得之。吾今不能见汝矣！汝不能舍吾，其时时于梦中得我乎！一恸⑧！

辛未三月念⑨六夜四鼓，意洞手书。

家中诸母⑩皆通文，有不解处，望请其指教，当尽吾意为幸。

注释：

①意映：作者之妻名陈意映。卿卿：旧时丈夫对妻子的昵称。如晤：旧时书信惯用语，见面意。

②司马青衫：语出唐代诗人白居易《琵琶行》"座中泣下谁最多，江州司马青衫湿。"喻极度悲伤之情。

③太上之忘情：圣人忘情，语出《世说新语·伤逝》："圣人忘情，最下不及情，情之所钟，正在我辈。"

④"老吾老"二句：喻把爱父母、子女之心扩大到爱天下人。语出《孟子·梁惠王上》。

⑤"与使吾先死"二句：与其让我先死，不如你比我先死。

⑥寸管：毛笔。

⑦模拟：推想。

⑧恸：痛苦。

⑨念：二十。

⑩诸母：叔伯母。

点评

这封信选自《广州三月二十九日革命史》，是林觉民在1911年广州起义的前三天即4月24日写给妻子陈意映的。当时，他从

广州来到香港，迎接从日本归来参加起义的同志，住在临江边的一幢小楼上。夜阑人静时，想到即将到来的残酷而轰轰烈烈、生死难卜的起义以及自己的龙钟老父、弱妻稚子，他彻夜疾书，分别写下了给父亲和妻子的诀别书。写《与妻书》时，林觉民满怀悲壮，已抱定慷慨赴死的决心，义无反顾。

《与妻书》唯其感人，就在于它情真意切，字字泣血，到处都是浓得化不开的真情，缠绵悱恻而又充满激情，充满凛然正气。为国捐躯的激情与对爱妻的深情两相交融、相互辉映，叫人断肠落泪，而又撼人魂魄、令人感奋。虽然已时隔百年，但文章的魅力依然存在，林觉民对爱妻的那份真情、那种"以天下人为念"、舍生取义的革命者的气度风范，依然令人动容。

方声洞

夫男儿在世，不能建功立业，以强祖国，使同胞享幸福。

虽奋斗而死，亦大乐也，且为祖国而死，亦义所应尔也。

作者简介

方声洞（1886—1911），字子明，福建侯官（今福州市）人。自1902年起，两度赴日本留学，先入东京成城学校，后入千叶医校就读。1903年参加拒俄义勇队，1905年加入同盟会，任中国留学生会总代表、同盟会福建支部队长等职。1911年3月2日参加广州黄花岗起义，4月27日在广州双门底作战中弹身亡，年仅25岁，是"黄花岗七十二烈士"之一。

书信内容

父亲大人膝下，跪禀者：

此为儿最后亲笔之禀。此禀如果到家，则儿已不在人世者久矣！儿死不足惜，第①此次之事，未曾禀告大人，实为大罪！故临死特将其就死之原因，为大人陈之。

窃②自满洲入关以来，凌辱我汉人无所不至。迄于今日，外患逼迫，瓜分之祸，已在目前。满洲政府犹不愿实心改良政治，以图强盛；仅以预备立宪之空名，炫惑③内外之视听，必欲断送土地于外人，然后始大快于其心。是以满政府一日不去，中国一日不免于危亡。故欲保全国土，必自驱满始，此固人人所共知也。儿蓄此志已久，只以时机未至，故隐忍未发。迩者与海内外诸同志共谋起义，以扑④满政府，以救祖国。祖国之存亡，在此一举。事败则中国不免于亡，四万万人皆死，不特儿一人，如事成，则四万万人皆生，儿虽死亦乐也。只以大人爱儿切，故临死不敢不禀告，但望大人以国事为心，勿伤儿之死，则幸甚矣！

夫男儿在世，不能建功立业，以强祖国，使同胞享幸福。虽奋斗而死，亦大乐也，且为祖国而死，亦义所应尔也。

儿刻已念有六岁矣。我于家庭，本有应尽之责任，只以国家不能保，则身家亦不能保，即为身家计，亦不能不于死中求生也。他日革命成功，我家之人，皆为中华新国民，而子孙万世亦可以长保无虞，则儿虽死，亦瞑目于地下矣。惟从此以往，一切家事均不能为大人分忧，甚为抱憾！幸有涛兄及诸孙在，则儿或可稍安于地下也。惟祈大人得信后，切不可过于伤心，以碍福体，则儿罪更大矣。幸谅之！兹付上致颖媳⑤信一通，俟其到汉时面交。并祈得书时，即遣人赴日本接其归国，因彼一人在东，无人照料，种种不妥也。如能早归，以尽子媳之职，或能轻儿不孝之罪。临死不尽所言，惟祈大人善保玉体，以慰儿于地下。旭孙⑥将来长成，乞善导其爱国之精神。临书不胜企祷之至！敬请万福金安！

儿声洞赴义前一日，禀于广州城。家中诸大人，及诸兄弟姐妹，诸嫂，诸侄儿女，诸亲戚，统此告别。

注释：

①第：但。

②窃：自己私下认为。自谦之词。

③炫惑：夸耀；迷惑。

④扑：倾覆、打倒。

⑤颖媳：方声洞之妻，时在日本。

⑥旭孙：方声洞之子。

点评

《赴义前禀父绝笔书》是方声洞参加广州起义前，于1911年4月26日写给父亲的绝笔，全篇洋溢着一种大义凛然、慷慨赴死的革命乐观主义精神。希望父亲了解自己的心迹和志向，是方声洞写这封家书的初衷。从这封信中可以看出起义前的方声洞，已怀必死之志。

方声洞出生在一个富商家庭。为了追求救国之道，他两次东渡日本求学。在学校里，他一方面刻苦学习，一方面积极参加革命活动。

1905 年 8 月，方声洞加入同盟会。

1911 年初，孙中山准备举行广州起义。方声洞打算立即回国参加，但是同为福建籍的几个革命党人认为这次起义凶险未卜，方声洞年轻且新婚，于是强留方声洞在东京继续革命工作。

方声洞虽在日本，却时时关注着香港传来的准备起义的消息，并且日夜奔忙，寻找回国参加起义的机会。1911 年 3 月中旬，方声洞争取到秘密运输军火任务，于 3 月 31 日秘密回国，参加起义。

4 月 27 日起义爆发，方声洞奋勇当先，在黄兴的带领下冲进总督府，不见总督张鸣岐，便转攻督练公所，在双门底作战中英勇牺牲，时年仅 25 岁。

事后黄兴向党内报告起义经过，盛赞方声洞"以如花之年，勇于赴战"。方声洞的遗体安葬于黄花岗，成为"黄花岗七十二烈士"之一。在七十二烈士之碑上，方声洞的名字位列第一。

黄 兴

努力杀贼！

作者简介

黄兴（1874—1916），原名轸，改名兴，字克强，湖南省长沙府善化县高塘乡（今长沙县黄兴镇凉塘）人。黄兴是中国近代民主革命家，中华民国的创建者之一，孙中山先生的第一知交。辛亥革命时期，与孙中山常被时人以"孙黄"并称。1916 年 10 月 31 日于上海去世。著作有《黄克强先生全集》《黄兴集》《黄兴未刊电稿》及《黄克强先生书翰墨绩》刊行。

书信内容

努力杀贼！一欧①爱儿。

父字十月初一日②

注释

①一欧：黄兴长子。14岁加入中国同盟会。曾参加广州新军起义和黄花岗起义。辛亥革命后，任沪军先锋队副司令。后参加讨袁运动和北伐战争。1949年积极参与湖南和平解放运动。新中国成立后，任全国政协委员、政协副主席等职。

②十月初一日：指农历，即1911年11月21日。

点评

　　这是近代民主革命家黄兴写给长子黄一欧的信，信中的内容只有慷慨激昂的四个字——"努力杀贼！"但其中却包蕴了丰富的历史内涵。

　　黄一欧早在学生时代就随父参加推翻清朝的革命。1911年10月武昌起义爆发后，黄兴由香港赶赴武汉前线，任民军战时总司令，领导了长达24天的汉阳保卫战。黄一欧当时任江浙联军沪军副司令，正在进攻南京。战斗激烈之时，黄兴托人送去了这封家书，以示勉励。信中还盖有黄兴常用的一颗小章："灭此朝食"。这封沾满战火硝烟的不寻常家书，在亲戚朋友中辗转借阅，当时产生很大影响。后来黄兴的战友刘揆一在撰写的《黄兴传记》中，曾将它印在首页。黄一欧也为这家书写过一段跋语："昔先君致全力于革命时，军务纷劳，

家书殊鲜；加以不肖为党国效绵薄，频年卜居无定，致先君手迹遗失殆尽，惟余此书而已。犹忆在江浙联军奉读此书，辄有中宵起舞，灭此朝食之慨！"可见，这四字家书虽简短，但情烈志坚，掷地有声，字字有千钧之力！

孙中山

　　　兄质直过人，一入政界，将有相欺以其方者。

作者简介

　　孙中山（1866—1925），本名孙文，1866年11月12日出生，广东香山翠亨村人，在日本时化名中山樵，后遂以中山命名。他是近代民主革命家、中国国民党创始人、三民主义的倡导者，首先举起了彻底反封建的旗帜。1911年辛亥革命后，他被推举为中华民国临时大总统。1925年3月12日因肝癌在北京逝世。

书信内容

孙寿屏①大哥鉴：

　　粤中有人议举兄为都督，弟以为政治非兄所熟习。兄质直过人，一入政界，将有相欺以其方者。未登舞台，则众人属望，稍有失策，怨亦随生。为大局计，兄宜专就所长，专任一事，如安置民军、办理实业之类，而不必当此大任。且闻有欲用强力胁迫他人以举兄者，以此造因，必无良果，尤不可不避也。

弟文叩

注释：

①孙寿屏：即孙眉，孙中山的长兄。

点评

这是孙中山于 1912 年 2 月 21 日写给大哥孙眉的信。

孙眉是孙中山长兄，他少年时即随舅父赴檀香山谋生，始为佣工，后领地自耕，在茂宜岛经营畜牧业，被称为"茂宜岛王"。孙中山在檀香山创建兴中会，他组织部分华侨首先参加，并捐献巨款供孙中山作为革命活动经费。他又在檀香山华侨中积极开展革命宣传，同时筹募经费。1907 年，孙眉归国后，参加了广州新军起义。后又在广州组织军民响应武昌起义，光复了雷州半岛各地。在 1912 年孙中山宣誓就职中华民国临时大总统以后，不少人因孙中山的关系和孙眉本人的威望，拟推举孙眉为广东省督军时，孙中山却坚决反对，于此年 2 月 21 日写下此封电函，劝胞兄勿任督军。有三个原因：一是大哥并不熟悉政治，从政非其所长，故难以胜任此职；二是大哥秉性耿直，一入政界，"将有相欺以其方者"；三是孙中山清醒地看到了，有人欲用强力胁迫他人推举其兄为督军，不管这种行为

是出于私人用心，或是善良动机，都会造成不良的后果。

　　这封电函虽短，仅百余字，但纸短理详，意犹深刻。旨在劝说，情理尤重，表现了一位伟大政治家清醒长远的政治眼光和公私分明、任人唯贤的良好品德。

章太炎

　　　　如君思我，我亦思君；有怀不遂，叹息如何！

作者简介

　　章炳麟（1869—1936），字枚叔，号太炎，又名章太炎，浙江余杭人，是近代民主革命家、古文经学家、思想家。先后担任《时务》《昌言》等报编辑，并创爱国学社，鼓吹革命。后因发表《驳康有为论革命书》和《革命军序》，坐《苏报》案被捕入狱。1905年出狱后东渡日本，参加同盟会，主持《民报》。辛亥革命后，参加孙中山的军政府，后因反对袁世凯称帝而被幽禁。一生著述甚丰，被尊为经学大师，著作版本繁多，后辑为《章太炎全集》。

书信内容

汤夫人左右：

被①九月六号书，知已安抵乌镇。前六度书已得其四，所幸小影未失，葆藏箧笥，如睹光仪②。且喜且悲，亦何能已！北方政党情形，气已萧索，国会徒存形式，莫能自主。盖迫于军警之威，救死不暇，何论国事！前所逮捕议员，近闻已枪毙五人。神龙作醢③真灵龟刳④肠。吁！实吾生所未见也。

不佞留滞燕都⑤，心如鼎沸，虽杜门寡交，而守视者犹如故，且欲以蜚语中伤。行则速祸，处亦待獒⑥，所以古人有沈渊蹈海或遁⑦入神仙者，皆是故也。如君思我，我亦思君；有怀不遂，叹息如何！八月十五夜，坐视明月，忧从中来。少倾，月蚀，遂复辍观。今为八月十七日也，不睹广陵之潮、浙江之波已数岁矣。烦忧在胸，辗转反侧，亦知其无益也。朔气⑧已凉，而我畏热，着两单衣已觉可，裌衣⑨尚有数件，当可支持。愿君珍重。心绪烦冤，书不成字。仰视屋梁，以思颜色⑩。纸笔所达，什不一二。炳麟鞠躬。九月十八日。

太夫人及令弟妹前请转候。

注释:

①被：披览。

②光仪：对人容貌的尊称。

③醢（hǎi）：肉酱。

④刳（kū）：从中间剖开挖空。

⑤不佞：无才，自谦词。燕都：北京市的别称。

⑥獒：通"毙"，死。

⑦遁（dùn）：逃遁。

⑧朔气：早晨的空气。

⑨裌衣：夹衣。

⑩仰视屋梁，以思颜色：杜甫《梦李白》诗："落月满屋梁，

犹疑照颜色。"此用其句意，以表思念夫人之情。

点评

这封信选自《章太炎先生家书》，是1913年9月18日章炳麟写给夫人汤国梨的信。信中分析了北方的政局，对袁世凯镇压异己的行动表示愤慨，并对明月之夜思念夫人的心境做了描述。

汤夫人即为章炳麟的妻子，名国梨，浙江桐乡人，有很好的学识修养，曾主编《神州女报》，并主持神州女校的教务，是近代最早的妇女活动家之一。

孙中山发动二次革命失败后，章炳麟于1913年8月到京讨伐袁世凯，此时他与汤夫人才新婚一月有余。到京后，章炳麟遭到袁世凯的软禁。

章炳麟被囚的日子长达三年。在这三年里，章炳麟四易囚所，两度绝食，二次越狱。他能够坚持下去，正是因为对汤夫人的情义。

1916年，袁世凯倒台。6月底，章炳麟获释，终与汤夫人团聚。是爱让他们重逢，而这爱的力量来自三年中写给彼此的书信。在辛亥革命五十周年之际，汤夫人郑重地把这些书信交给中华书局上海编辑所影印出版，题名为《章太炎先生家书》，并亲撰《叙言》。

蔡　锷

余素抱以身许国之心，此次尤为决心，万一为敌贼暗算，或战死疆场，决无所悔。

作者简介

蔡锷（1882—1916），原名艮寅，字松坡，湖南宝庆（今邵阳）人。中华民国陆军上将。中国近代著名的革命家、军事家、政治家。中华民国第一位享受国葬殊荣的革命元勋。1900 年参加自立军起兵，失败后留学日本。1904 年归国。武昌起义爆发后，与云南讲武党总办李根源举兵响应，建立军政府。1915 年与梁启超策划反对袁世凯。1916 年因咽喉病逝世。遗著编为《蔡松坡集》。

书信内容

慧英贤妹妆次：

由威宁发一函，计达。廿九号于贵州之毕节，因等待队伍，在此驻扎两日，现定二月一号向永宁出发。我军左纵队已占领四川之叙州、自流井、南溪、江安一带，右纵队之董团，今晚可进取永宁，旬日之内，即可会师泸州，三星期内定可抵成都矣。预想成泸之间，必有几场恶战，我军士气百倍，无不一以当十，逆军虽顽强，必能操胜算也。余素抱以身许国之心，此次尤为决心，万一为敌贼暗算，或战死疆场，决无所悔。但自度生平无刚愎暴厉之行，而袁氏有恶贯满盈之象，天果相中国，其必以福国者而佑余也。川中军民对余感情甚洽，昨来电有奉余为全川之主云云。但川省兵燹连年，拊循安辑颇非易耳。手此即询近好。

锷言

一月卅一号于毕节

点评

这是蔡锷在 1916 年护国运动中写给妻子潘蕙英的信。在信中，蔡锷介绍了护国军的良好发展形势，并表达了自己随时为革命献身的精神。

辛亥革命推翻了两千多年的封建专制，建立了中华民国。但胜利果实被北洋军阀袁世凯夺取。袁世凯倒行逆施，对外卖国，对内独裁，于 1915 年 12 月 12 日宣布复辟封建帝制。为了反对复辟，维护共和，蔡锷、唐继尧等于 12 月 25 日通电全国，宣布云南独立，并且出兵讨伐袁世凯。袁世凯的军队受挫后，南方其他各省也纷纷宣布独立。袁世凯被迫于 1916 年 3 月 22 日宣布撤销帝制。6 月 6 日，袁世凯在内外交困中病死。

护国运动是辛亥革命的继续，打倒了窃国大盗袁世凯，制止了封建帝制死灰复燃，再造了共和，挽救了国家，巩固了辛亥革命的成果。1916 年 12 月，国会决定，以每年 12 月 25 日为护国运动纪念日。

恽代英

自卿弃吾以去，吾每夜不得卿入梦，窃意卿不致忽然于我如此，吾心中近来不知是何味。

作者简介

恽代英（1895—1931），江苏武进人，中国无产阶级革命家，中国共产党早期青年运动领导人之一，黄埔军校第四期政治教官。学生时代积极参加革命活动，是武汉地区五四运动主要领导人之一。1920 年创办利群书社，后又创办共存社，传播新思想、新文化和马克思主义。1921 年加入中国共产党。1923 年 8 月被选为中国社会主义青年团中央委员、宣传部部长，创办和主编《中国青年》。1930 年 5 月在上海被国民党当局逮捕。1931 年被杀害于南京。

书信内容（节录）

葆秀大鉴：

　　卿爱读吾书札。吾去年往庐山，曾数与卿书，卿心赏悦，岂意今日致卿以书，乃与卿幽明隔世耶！自卿弃吾以去，吾每夜不得卿入梦，窃意卿不致忽然于我如此，吾心中近来不知是何味，每日惟愿他人替我做事，又愿嬲伯文兄弟等谈心。吾万不料卿之舍予如是之速，而前日与卿所要约之事，一切尽成虚空也。夫此五浊世界，弃去固何所惜。然卿竟不为我厮守三五年乃至十年，使我至今嗒然茫然，无以为主，此诚非意计中事也。……

　　卿去吾而逝时，吾固完全未能预料，想亦非卿意中事，然意不免于此。连日怅怅，吾书此时，汝所生之儿尚健在。以吾心绪不宁，故久搁笔，今续书，此时汝儿又夭。他人言汝挈彼而去，彼减在汝侧，慰汝寂寥。吾虽不能见，心初无悔。……

　　卿去时，吾已跪于岳父前申明不复娶，此事在汝生前屡与汝言之。近来他人宽慰我者，其言语常为我留续娶地位。父亲大人尚未归，此事尚须经一大奋斗，然吾意已决，应终不致负卿。吾不续娶，在家庭固恐内主无人，然卿现弃予，予何从得如卿之女子？且即得此等女子，予何能忍于负卿，而另寻新好乎？予终于独身矣。家事俟四弟娶妇了之。来独立而娶妇，固有难言之苦，吾与卿常身受之，然今既为予与卿，故使四弟受此苦，予必竭力辅助四弟，务使于必要之金钱，皆有以自给，谅卿亦不以吾此等用钱为浪费也。此次之家变，父亲大人闻之必甚郁抑，此事予必尽力安慰。……

　　昔日戏言身后意，今朝都到眼前来。呜呼！伤矣！西神致书，冼伯言

问我在武昌否，则卿之相片及记事定可望登录。三妹梦卿言，赖陈嫂子之救而得生，岂幻梦耶？抑汝果复生耶？抑已投生于陈氏耶？仲清之联已录一纸焚化。彼财政情形卿之所知，彼惟节省杂食之费购箔一块赠卿，此系手足之情发于自然者也。

点评

这封信写于1918年3月1日，是恽代英在日记中以书信的方式，表达对亡妻沈葆秀的哀思与怀念。

恽代英与沈葆秀于1915年结婚，两人的结合是由父母议定、媒人撮合的旧式婚姻。经过一段时间的了解后，两人产生出真挚的爱情。

1918年2月，沈葆秀因难产而死，年仅22岁。恽代英万分悲痛，并向岳父、岳母发誓永不再娶。他还为儿子取名"秀生"，即是妻子葆秀所生之意，但后来儿子也夭折了。

恽代英为亡妻守义整整10年，并且照顾沈家10年，这使沈葆秀的四妹沈葆英非常感动。1927年春，北伐军到达武汉后，恽代英与已成为共产党员的沈葆英在共同理想的基础上产生了爱情，两人于武汉完婚。至此，"永鳏痴郎"（恽代英为表达对亡妻忠诚，给自己改的名号）的恽代英终于结束了十年独身生涯。

俞秀松

母亲，儿请他万千放心，合家诸长，儿也请他们不要担心：男要正真［真正］做人去了！

作者简介

俞秀松（1899—1939），曾用名俞寿松，浙江诸暨县人。1920

年 8 月参加上海共产主义小组，后转为中国共产党党员，曾任上海社会主义青年团的第一任书记。1922 年参加孙中山领导的讨伐陈炯明叛乱的军事斗争。1925 年去苏联东方大学、中山大学和列宁学院学习、任教。1935 年被派到新疆工作，任新疆反帝总会秘书长、新疆学院院长；1937 年 12 月，被王明、康生诬为托派，遭新疆军阀盛世才逮捕。1938 年 6 月被押往苏联，不久遇害。

书信内容

父亲：

儿现在要做我自己的人，这事和儿前途有极大的关系，所以"不告就去报名"。

现在打破家族制度的声浪，一天高似一天，家族制度，儿是绝对主张打破的。但是打破家族制度，就丢弃父母而不顾养，这是儿个人万万不忍出此的。父亲，儿是最富感情也知自勉的人，父亲尽可不必忧虑。儿现在年纪二十一岁，求学还要依靠父母，这是最可羞耻的事。乔弟、笺弟在家，不知勤俭，不知自立，不知改，真可以担心。儿居长行的地位，不能想出什么好的方法来劝导他们，来改造他们，使他们稍会觉悟一些。二十世纪是平民的世纪，是劳力劳心遂算是人，是各尽所能，各取所需才能生活，还要希望家长的遗产，坐而待食的人，不至饿死不会止呢！父亲，儿现在觉悟了！请父亲从此可以减轻负担了！母亲，儿请他万千放心，合家诸长，儿也请他们不要担心：男要正真 [真正] 做人去了！

儿寿松禀

点评

这封信约是俞秀松于 1919 年冬写给父亲的。

1919 年爆发的"五四运动"，使俞秀松看到了中国的希望。

5月12日他和宣中华等人发动杭州14所中等以上学校约3 000名学生举行了杭州第一次大规模的反帝反封建的示威游行，声援北京、上海等的爱国运动。他还积极组织和带领学生宣传队，提倡国货、抵制洋货，成为杭州学生运动的领袖和先驱。

俞秀松经过"五四运动"的战斗洗礼，和宣中华创办了《双十》半月刊，后改为《浙江新潮》。他主编的这个刊物是浙江最早受十月革命影响、宣传社会主义思想的刊物。他在发刊词中提出一个改造社会的纲领："要本着奋斗的精神，用调查、批评、指导的方法，促进劳动界的自觉和联合，去破坏束缚的、竞争的、掠夺的势力，建设自由、互助、劳动的社会，以谋人类生活的幸福和进步。"

《浙江新潮》一问世，就以战斗的姿态对社会制度和封建礼俗进行了猛烈的抨击，成为当时浙江传播新文化、新思想的旗帜。《浙江新潮》因刊登施存统《非孝》一文被反动当局查封，俞秀松作为主编，被迫离开杭州，赴北京参加工读互助组。这封信就是在俞秀松离开杭州后写给父亲的。在信中，俞秀松说明自己"不告就去报名"的原因，表达了投身革命的决心和勇气。

向警予

> 总要不辱你老这块肉与这滴血，而且这块肉、这滴血还要在世界上放一个特别光明。

作者简介

向警予（1895—1928），湖南溆浦人，是中国共产党最早的女党员之一，被誉为中国妇女运动的先驱。1919年赴法国勤工俭学。1922年加入中国共产党，曾任党中央妇女部长。1925年去莫斯科的东方大学学习，1927年回国，先后在武汉总工会、中共汉口市委宣传部和湖北省委工作。大革命失败后在武汉坚持斗争，因叛徒出卖，在汉口法租界被捕，1928年5月1日被国民党反动派杀害，时年33岁。

书信内容

爹爹妈妈呀，我天天把你两老[人]家的相，放在床上，每早晚必看一阵。前几天早晨，忽然见着爹爹的相现笑容，心里欢喜得了不得。等一会儿，便得着五哥的平安家报。今天晚上九点钟，新从世界工学社①旁听回来。捧着你老[人]家的相一看，忽现愁容，两个眉毛紧紧地锁着，左看也不开，右看也不开，我便这样说："我的爹爹呀，不要愁，你的九儿在这里，努力做人，努力向上。"总要不辱你老这块肉与这滴血，而且这块肉、这滴血还要在世界上放一个特别光明。和森②是九儿③真正所爱的人，志趣[趣]没有一点不同的。这画片上的两小④也合他与我的意。我同他是一千九百廿年产生的新人，又可叫做廿世纪的小孩子。

　　注释：

　　①世界工学社：是当时留法学生中那些信仰无政府主义者组织的团体，后被改造成了广大勤工俭学学生的领导组织。

　　②和森：即蔡和森，向警予的丈夫。

　　③九儿：向警予兄弟姊妹共十个，她排行第九，乳名"九九"。

　　④这画片上的两小：此明信片的正面印有两个外国小孩。

点评

　　这封信是写在向警予从法国寄给父母的明信片上的，写于1920年8月。在留法勤工俭学期间，她和蔡和森自由结婚，她把由衷的喜悦写信告诉给父母，坚信自己选择的革命伴侣是可靠的。

　　蔡和森1895年出生于湖南湘乡县一个没落的小官吏家庭，是著名政治活动家、理论家、宣传家，新民学会发起人之一，法国勤工俭学组织者、实践者之一。两人相识于赴法的海轮上。他们经常在一起看日出，讨论政治和学术问题，他们两人都反对旧式婚姻，要实行新式爱情和理想的"同盟"。

　　1920年6月，向警予和蔡和森在法国蒙达尼正式结合，其结婚照为两人同读一本打开的《资本论》。两人还将恋爱过程中互赠的诗作收集出版，题为《向上同盟》，随后人们把他们二人的结合称为"向蔡同盟"。

蔡元培

> 汝病剧时，劝我按预约之期以行，而我不肯。汝自料
> 不免予死，常祈速死，以免误我之行期。

作者简介

蔡元培（1868—1940），字鹤卿，又字仲申、民友、孑民，浙江绍兴人，清朝光绪年间进士，翰林院编修。蔡元培是"中华民国"首任教育总长，1917年至1927年任北京大学校长，革新北大，开"学术"与"自由"之风。1918年10月23日，他发起组织成立了"和平期成会"。1920年至1930年，同时兼任中法大学校长。1928年至1940年专任中央研究院院长。1940年3月5日逝世，终年72岁。

书信内容（节录）

呜呼！仲玉，竟舍我而先逝耶：自汝与我结婚以来，才二十年，累汝以儿女，累汝以家计，累汝以国内、国外之奔走，累汝以贫困，累汝以忧患。使汝善书、善画、善为美术之天才，竟不能无限发展，而且积劳成疾，以不得尽汝之天年。呜呼！我之负汝何如耶！

我与汝结婚之后，屡与汝别，留青岛三阅月，留北京译学馆半年，留德意志四年，革命以后，留南京及北京九阅月，前年留杭县四阅月，加以其他短期之旅行，二十年中，与汝欢

聚者不过十二三年耳。呜呼！孰意汝舍我如是其速耶！

凡我与汝别，汝往往大病，然不久即愈。我此次往湖南而汝病，我归汝病剧，及汝病渐痊，医生谓不日可以康复，我始敢放胆而为此长期之旅行。岂意我别汝而汝病加剧，以至于死，而我竟不得与汝一诀耶！

我将往湖南，汝恐我不及再回北京，先为我料理行装，一切完备。我今所服用者，何一非汝所采购，汝所整理！处处触目伤心，我其何以堪耶！

汝孝于亲，睦于弟妹，慈于子女。我不知汝临终时，一念及汝死后老父、老母之悲切，弟妹之伤悼，稚女、幼儿之哀痛，汝心其何以堪耶！

汝时时在纷华靡丽之场，内之若上海及北京，外之若柏林及巴黎，我间欲为汝购置稍稍入时之衣饰，偕往普通之场所，而汝辄不愿。对于北京妇女以酒食赌博相征逐，或假公益之名以鹜声气而因缘为利者，尤慎避之，不敢与往来。常克勤克俭以养我之廉，以端正子女之习惯。呜呼！我之感汝何如，而意不得一当以报汝耶！

汝爱我以德，无微不至。对于我之饮食、起居、疾痛、疴养，时时悬念，所不待言。对于我所信仰之主义，我所信仰之朋友，或所见不与我同，常加规劝，我或不能领受，以至与汝争论：我事后辄非常悔恨，以为何不稍稍忍耐，以免伤汝之心。呜呼！而今而后，再欲闻汝之规劝而不可得矣，我惟有时时铭记汝往日之言以自检耳。

汝病剧时，劝我按预约之期以行，而我不肯。汝自料不免予死，常祈速死，以免误我之行期。我当时认为此不过病中愤感之谈，及汝小愈，则亦置之。呜呼！岂意汝以小愈促我行，而意不免死于我行以后耶！

…………

呜呼！死者果有知耶？我平日决不敢信，死者果无知耶！我今日为汝而不敢信；我今日惟有认汝为有知，而与汝作此最后之通讯，以稍稍纾我之悲悔耳！呜呼！仲玉！

汝夫蔡元培

中华民国十年一月九日

点评

这封信写于 1921 年 1 月 9 日。这是蔡元培在国外考察途中得知妻子黄仲玉去世后写的祭文。黄仲玉是蔡元培的第二任妻子。蔡元培的原配夫人去世后，朋友多劝他续娶。为革新社会风气，倡导男女平等，蔡元培在《浙江时报》刊登求偶启事，提出了五个择偶条件：（一）天足者；（二）识字者；（三）男子不得娶妾；（四）夫妇意见不合时，可以解约；（五）夫死后，妻可以再嫁。黄仲玉又名黄世振，出身于书香门第（江西名士黄尔轩的女儿），不但没有缠足，而且识字又精通书画、孝敬父母。经人介绍后于 1902 年元旦与蔡元培在杭州结婚。

为了支持丈夫的事业，黄仲玉放弃了自己的书画爱好，致力于照料丈夫，抚育子女，操劳家务，终致积劳成疾。1920 年底，蔡元培又将赴瑞士等地考察，为不拖累丈夫，她住进了北京一家法国人办的医院。1921 年 1 月 2 日，蔡元培正在赴欧途中，黄仲玉却在医院溘然长逝。9 日，蔡元培抵达日内瓦，听到这个噩耗后悲痛不已，挥泪撰写成这篇感人肺腑的《祭亡妻黄仲玉》。

张太雷

我们应该在这时期中大家努力做，寻我们将来永远的幸福，这是一件何等快乐的事呵。

作者简介

张太雷（1898—1927），原名泰来，江苏常州人，中国共产党党员。1920年参加共产主义小组。历任中国共产主义青年团中央书记、中共两广区委常委、宣传部长、中共湖北省委书记和广东省委书记等职。1927年12月，参加并领导了广州起义，任广州苏维埃政府代理主席兼人民海陆军委员。12日在前往大北门指挥战斗途中，遭敌伏击，壮烈牺牲，时年29岁。

书信内容（节录）

给妻子的信：

我此次离家远游并没有什么□□，你们也不必对于我有所牵挂。我觉得现在我做事，总不能说可以长久。今天不知明天如何。这样心境不能安定，心境不安定是如何痛苦呵！我想最好能自己独立生活，不要人家能操纵我的生活。所以我立志要到外国去求一点高深学问，谋自己独立的生活。我先前本也有做官发财的心念。所以我想等明年去考高等文官考试；但是我现在觉悟：富贵是一

种害人的东西，做了官，发了财，难保我的道德不坏。常常在官场中混，替那些不好的人在一起，嫖赌娶妾的事情或不能免。倘若是这样了，非特［但］我的身体、道德要坏，恐怕家里要受莫大的苦处。你也看见多少做官的发财的人们多嫖赌娶妾。倘若我做了官，发了财，我自己也不能保不替他们一样的做坏事。唯有求得高深的学问，即可以自己独立谋生，不要依靠

他人，这样就用不着恐惧失去饭碗，心境自然也就安定，心境安定是寿长的最要紧的事。又可以保持我清洁的身体，高尚的道德，不至于像那些做官的发财的人一样嫖赌娶妾做坏事。我觉悟着做官发财替福气是完全相反背的：因为做官发财的总是嫖赌娶妾的，就是不嫖，不赌，不妾，他们的心境亦决不会安定的，因为做了知县又想做知府，赚了二百块钱一日又想三百，他们的欲望决不会满足，欲望多的人决不会长寿和安乐的。所以我说做官发财决不是福气。真正的福气是心广体胖：心广体胖一定要心中无所忧虑，要不嫖不赌不娶妾。但是一个人要心中无所忧虑，先须得生计独立，就是说做事不要靠人家引荐，要人家来请，即使人家不来请亦能有饭吃。这样，只有有了高深学问才能够。一个人有了钱要不嫖不赌不娶妾是一件很难的事，因为这种不是能够用人可禁止的，必须使他能有别种快乐之事去代替这种坏的快乐事体［情］。求学问是一种最快乐的事。在有学问的人看那嫖赌等多是痛苦而不是快乐，所以他们决不会去做那种事的。你看见多少真正读书的人（如你的爹爹）多是这样。所以我决计外国去游学求一点学问，将来可以享真正幸福。你也可以享真正的幸福，母亲也享真正幸福。但是我们现时不能不尝一点暂时离别的苦去换那种幸福。你情愿不情愿？我想你是一个明白人一定是情愿的，并且赞成的。

我们现在离开是暂时的，是要想谋将来永远幸福，所以你我不必以为是一件可忧的事。我们应该在这时期中大家努力做，寻我们将来永远的幸福，这是一件何等快乐的事呵。我并没有一点忧愁，因为我有这个目的在心中，我希望你也能有同样的心思，一点不忧愁，只用心照我告诉你的用功去。母亲是很能看得开的，你再拿我这一番话说与母亲听，他老人家一定能不牵挂我的。你必要照我告诉你的做，我在外心才能安。我很感激你。我发誓我决不负你。你在家安心供养母亲，教育细颀，自己照我的话用功。

这封信写于 1921 年 1 月，是张太雷家书中唯一幸存的一封，用毛笔写在一张普通的信纸上。当时，张太雷受中国共产党发起组的委托，赴苏联伊尔库茨克共产国际东方局任中国科书记。行前，他给妻子陆静华写了这封信。

张太雷家中一直以为他大学毕业后，可谋得一官半职，张太雷只能信中称"立志要到外国去求一点高深学问，谋自己独立的生活"。信里写着，"富贵是一种害人的东西，做了官，发了财，难保我的道德不坏。"透过这封家书，能看出张太雷为理想甘愿牺牲一切的坚定决心。

这封家书，张太雷的女儿张西蕾参加革命时随身携带出来，当时为了安全，她把信的开头和结尾处的落款都剪掉了。战争年代，张西蕾把这封信一直带在身边。新中国成立后，中国革命博物馆筹备处向全国征集革命文物时，张西蕾把这份父亲的家书交给革命博物馆保存。

任弼时

只以人生原出谋幸福，冒险奋勇男儿事，况现今社会存亡生死亦全赖我辈青年将来造成大福家世界，同天共乐，此亦我辈青年人的希望和责任，达此便算成功。

作者简介

任弼时（1904—1950），原名培国，湖南湘阴人。1920 年加入中国社会主义青年团。1921 年赴莫斯科学习。1922 年转入中国共产党。1924 年归国。八七会议上当选为中共临时中央政治局委员。1935 年 11 月参加长征，任红二方面军总政委，曾同张国焘右倾分裂主义进行坚决斗争。抗日战争爆发后，任八路军总政治部主任。解放战争时期，协助毛泽东指挥西北和全国的解放战争，并参与制定新中国成立前后许多重要政策。1949 年被推为中国新民主主义青年团名誉主席。1950 年 10 月 27 日在北京病逝。

书信内容

父亲大人膝下：

前几天接到四号手谕，方知大人现已到省，身体健康，慰甚。千里得家书，固属喜极，然想到大人来省跋涉的辛苦，不能说是非为衣食的奔走所致，若是，儿心不觉顿寒！捧读之余，泪随之下！连夜不安，寝即梦及我亲，悲愁交集，实不忍言。故儿每夜闲坐更觉无聊。常念大人奔走一世之劳，未稍闲心休养，而家境日趋窘迫，负担日益增加，儿虽时具分劳之心，苦于能力莫及，徒叫奈何。自后儿当努力前图，必使双亲稍得休闲度日，方足遂我一生之愿。但儿常自怨身体小弱，心思愚昧，口无化世之能，身无治事之才，前路亦茫茫多乖变，恐难成望。只以人生原出谋幸福，冒险奋勇男儿事，况现今社会存亡生死亦全赖我辈青年将来造成大福家世界，同天共乐，此亦我辈青年人的希望和责任，达此便算成功。惟祷双亲长寿康！来日当可得览大同世界，儿在外面心亦稍安。北行①之举前虽有变，后已改道他进，前后已出发两次，来电云一路颇称平静，某人十分表欢迎。儿已约定同志十余人今日下午启程，去后当时有信付回。沿途一切既有伴友同行，儿亦自当谨慎，谅不致意外发生，大人尽可勿念过远。既专心去求学，一年几载，并不可奇，一切费用，交涉清楚，只自己努力，想断无变更。至若谋学上海，儿前亦筹此为退步之计，不过均非久安之所，此事既可成功，彼即当作罢论。昨胜先妹妹来函云陈宅有北迁之举，不知事可实否？仪芳②读书事，乃儿为终身之谋，前虽函促达泉③大哥，彼对儿无正式答复，可怪！

①北行：指赴苏俄留学。

②仪芳：指陈琮英，任弼时的妻子。写此信时，他们尚未成婚。

③达泉：即陈英楷，陈琮英的哥哥。

点评

这是任弼时接到父亲来信，写给父亲任思度的回信，写于1921年春，任弼时赴苏俄留学前。

即将要远离故国，一别数载，相隔千万里，任弼时下笔行文之处，字字句句体现了远方游子对家人的深深怀念之情，以及对世事艰难、家境窘迫的担心。可贵的是，任弼时并没有单单沉溺于一家一人的离情别绪中而不能自拔，抒写了为创造一个同天共乐的大同世界，好男儿志在四方的豪放激扬的壮志。恩情与豪情交织一起，家事与国事书于一纸，正是此信最主要的特色之一。

高君宇

> 世界而使人有悲哀，这世界是要换过了；所以我就决心来担我应负改造世界的责任了。

作者简介

高君宇（1896—1925），原名高尚德，山西静乐人，是中共早期著名的政治活动家、理论家。1919年五四运动时为北京大学学生会负责人之一。1920年与邓中夏等组织马克思学说研究会，1921年加入中国共产党。1922年当选为中国社会主义青年团第一届中央执行委员。他还是中国共产党第二、三届中央委员。1925年3月在北京病逝，时年29岁。

书信内容

评梅先生：

十五号的信接着了，送上的小册子也接［着］了吗？

来书嘱以后行踪随告，俾相研究，当如命；惟先生谦以"自弃"自居，视我能责以救济，恐我没有这大力量罢？我们常通信就是了！

"说不出的悲哀"，这恐是很普遍的重压在烦闷之青年口下一句话罢！我曾告你我是没有过烦闷的，也常拿这话来告一切朋友，然而实际何尝是这样？只是我想着：世界而使人有悲哀，这世界是要换过了；所以我就决心来担我应负改造世界的责任了。这诚然是很大而繁难的工作，然而不这样，悲哀是何时终了的呢？我决心走我的路了，所以对于过去的悲哀，只当这是他人的历史，没有什么迫切的感受了。有时忆起些烦闷的经过，随即努力将他们勉强忘去了。我很信换一个制度，青年们在现社会享受的悲哀是会免去的——虽然不能完全，所以我要我的意念和努力完全贯注在我要做的"改

造"上去了。我不知你为何而起了悲哀，我们的交情还不至允许我来追问你这样，但我可断定你是现在世界桎梏下的呻吟呵！谁是要我们青年走他们烦闷之路的？——虚伪的社会罢！虚伪成了使我们悲哀的原因了，我们挨受的是他结下的苦果！我们忍着让着这样，唉声叹气了去一生吗？还是积极的起来，粉碎这些桎梏呢？都是悲哀者，因悲哀而失望，便走了消极不抗拒的路了；被悲哀而激起，来担

当破灭悲哀原因的事业，就成了奋斗的人了。——千里程途，就分判在这一点！评梅，你还是受制度于命运之神吗？还是诉诸你自己的"力"呢？

愿你自信：你是很有力的，一切的不满意将由你自己的力量破碎了！过渡的我们，很容易彷徨了，像失业者踯躅在道旁的无所归依了。但我们只是往前抢着走罢，我们抢上前去迎未来的文化罢！

好了，祝你抢前去迎未来的文化罢！

君宇

一九二一、四、十六

点评

这封信写于 1921 年，主要目的是鼓励石评梅鼓起勇气，参加革命斗争。石评梅是山西平定县人，1923 年毕业于北京女子高等师范学校。与高君宇相识后，两人经常书信往来。高君宇在山西反袁斗争中的言行以及在北京所从事的革命活动，深深地打动了石评梅的心。几经坎坷，两人终成恋人。

高君宇为了革命工作奔波劳碌，最终积劳成疾，于 1925 年 3 月在北京病故。依高君宇生前的愿望，将他安葬在北京陶然亭公园。石评梅为高君宇的墓碑书写了碑文：（这是高君宇生前自题照片的几句话）"我是宝剑，我是火花，我愿生如闪电之耀亮，我愿死如彗星之迅忽。"石评梅在下面又写道："君宇！我无力挽住迅忽如彗星之生命，我只有把所剩下的泪流到你坟头，直到我不能来看你的时候。"

1928 年 9 月 30 日，年仅 26 岁的石评梅因脑病医治无效离开人世。遵照石评梅生前的愿望，把她安葬在陶然亭高君宇的墓旁，墓碑上刻着"春风青冢"四字，后人称之为"高石之墓"。

闻一多

男以赤色书此，一以表吾母之寿，犹美国人之佩赤花然。一以示男面之血色，庶吾母观此书，犹对男面耳。

作者简介

闻一多（1899—1946），原名家骅，湖北浠水人。现代著名的诗人、学者和革命民主主义战士。1922年清华大学毕业后，曾赴美留学，期间出版了第一部诗集《红烛》。1925年7月回国后，写了爱国诗歌《长城下的哀歌》《我是中国人》《洗衣歌》等。1928年第二部诗集《死水》出版。同年与徐志摩等创办《新月》杂志。1928年以后，重点研究中国古典文学。1932年回清华大学执教。抗战爆发后，随校南迁，任西南联大教授。抗战后期，积极参加民主革命斗争，于1946年7月15日被国民党特务暗杀。

书信内容

致母亲：

今日为此邦之母日，子女皆有礼物奉赠母亲。且各于衣襟攒上一鲜花，示孝思。母在者花色红，母亡者花色白。今日居停主妇推户而入，笑容可掬，延男与钱君观其三女所遗之花朵及贺帖。是时男寸心怦动，而慈颜远隔感可知也！归而书此，恭祝母亲万福金安！然花不可寄，贺帖亦不适用。（贺帖书吉语或短诗数句，可由坊间购得，但皆为英文，故不适用）。居停知男为诗人，嘱男自为一诗，奉遗吾母。顾吾作诗即佳，能胜古人？爰录孟东野《游子吟》以表孺怀：

慈母手中线，游子身上衣。临行密密缝，

意恐迟迟归。谁言寸草心，报得三春晖！

然男更有礼物丰于一切礼物者，则近日有两友见男，一曰"你长胖了"，一曰"这里几个人，只有你面色多血色"。男以赤色书此，一以表吾母之寿，犹美国人之佩赤花然。一以示男面之血色，庶吾母观此书，犹对男面耳。书毕复以俗语视吾母"寿比南山"！

男多自美国芝加哥叩禀

五月十三日，即此邦之母日

点评

这封信写于 1923 年 5 月 13 日，是闻一多用红色笔写在粉红色信笺上的。

每年五月的第二个星期天是美国人为母亲庆祝的节日。在这一天里，美国人总习惯佩戴红色或粉红色的花朵。如果母亲去世了，则佩戴白色小花以示孝思。这一天也是美国人合家团圆的日子，许多人给他们母亲献一张节日卡片或小礼物。一些人则请他们母亲去

饭馆就餐。1923 年的母亲节时，闻一多正在美国攻读美术、文学、戏剧学业。在这天，他按照美国的习俗，选用粉红色信纸，用红笔写下了他对母亲的无尽思念。

闻一多对母亲总是抱着深深的敬爱之意。他送两件丰厚的节日礼物给母亲。一是手录的孟郊《游子吟》诗，唐代诗人孟郊的这首歌颂伟大母爱的诗歌，千百年来脍炙人口，引起无数读者的共鸣。第二件礼物，即是作者健康的身体。这是母亲最为牵肠挂

肚的事。这两件送给母亲的礼物真是深厚而别致。可以想象，当母亲接到这两件别致的礼物时，定然会心花怒放。

孙炳文

然亟以一勤学自拔，每日工作至少在十三小时以上；儿时筋力，使资应付。

作者简介

孙炳文（1885—1927），四川南溪县人。1908年入京师大学堂，1911年加入同盟会。后与朱德一起留学德国，1922年经周恩来介绍加入中国共产党。1925年冬回国，在黄埔军校工作，曾接任黄埔军校政治部主任和总教官。1927年4月，赴武汉途经上海时，被国民党反动派逮捕，秘密杀害于龙华，时年42岁。

书信内容

佩卿①贤甥婿爱弟：

前年接弟一书，嗣即详函吾师赵尧生，未久文亦归国。经年复渡雪漠而西，劳生无与于学，至少为痛叹也！

去年觌家兄于彝陵，询答弟经过极详细。以我草草不欲重劳弟虑，迫今兹乃有此函，其中情欷疚可知。

我在此，以十分七日力治心理学，余三分二治社会学，其一治哲学；课事极繁而条理至密，以我过时而又奇拙，羞花肯上头否不自知。然亟以一勤学自拔，每日工作至少在十三小时以上；儿时筋力，使资应付。虽才历险病（泻血，鼻疮）二次，自省非缘劬学，后此不终攻也。

弟本期任授功课若干门？每门每周若干时？课外治何业？身心

两安健否？暑假旋南溪否？接尊乡信否？潭弟计均安吉？深念！盼眼中一一以示。

顷接家兄函，一月以后，将赴渝或竟并至宜，弟若到南，或者我兄已归。我意，若校事早完，弟何莫与吾兄共出，更北走燕晋（家兄意，若到宜，便东北人燕视文妻②子）。度可留，即暂驻（北大及师大均有研究科）；不足留，亦趁此为短期之远游，与家兄俱，两不寂寞，弟深度能行否也？（文妻入北大文学系，似本期毕业。宁、济、兰均在孔德校，各子亦拟于暑期入此校幼稚班；兰女以上均知念吾弟也）

杰来函谓暑假中率闽南回川一行，弟得渠书否？家兄函又及慎甥在女校极勤业，闻之欣慰极。附一闻，此间长夏犹时作嫩寒，回忆故乡风物，不禁怅然！时艰，万万珍重！

刘荣安弟英年而逝，想念时辄堕泪不禁！旧游良觌，希为文道念！

文

六月三号德国规庭根③发

注释：

①佩卿：是孙炳文的表妹夫。旧时称姑之子、舅之子为甥。甥婿即表姊妹的丈夫。

②文妻：指孙炳文的妻子任锐。

③规庭根：译音，即哥廷根，地名。

点评

这封信写于1923年，当时孙炳文和朱德等人在德国哥廷根一所大学旁听哲学、心理学课，并自学马克思列宁主义经典著作。平时，他还经常阅读旅欧支部、德共以及共产国际所办的各种报刊。特别是周恩来在《赤光》上发表的《共产主义与中国》《革命救国论》等文章，深刻地分析了中国国情，严肃地批评了国家主义派的恶毒攻击和改良派的错误思想，指出振兴中国的唯一正确的道路就是无产阶级彻底革命，使孙炳文受到很大的教育和启示。孙炳文逐渐摆脱了改良主义思想的影响，走上无产阶级革命道路。

孙炳文学习刻苦，并且边学习，边思考，逐段逐句咀嚼。从信中也可以看出孙炳文在倾尽全力学习，体现了他自我牺牲的革命精神。

陶行知

一家当中，先生教师母，师母教小姐，小姐教老妈子，每人化不了多少工夫就可以使全家读书明理了。

作者简介

陶行知（1891—1946），安徽歙县人，毕业于金陵大学（1952年并入南京大学）文学系，中国人民教育家、思想家，伟大的民主主义战士，爱国者，中国人民救国会和中国民主同盟的主要领导人之一。陶行知曾任南京高等师范学校教务主任，中华教育改进社总干事，先后创办晓庄学校、生活教育社、山海工学团、育才学校和社会大学，提出了"生活即教育""社会即学校""教学做合一"三大主张，生活教育理论是陶行知教育思想的理论核心。其著作有《中国教育改造》《古庙敲钟录》《斋夫自由谈》《行知书信》《行知诗歌集》。

书信内容

桃红、小桃：

你两个人很有功劳。我看见你们两个人，哥哥教弟弟读《千字课》就发现了一个好法子，叫做连环教学法，这个法子是用家里识字的人教不识字的人：我教你，你教他，他又教他。一家当中，先生教师母，师母教小姐，小姐教老妈子，每人化不了多少工夫就可以使全家读书明理了。我在南京试验这个法子很有效验，特为写这封信来感谢你两个人。我在南京平安快乐，请你们禀告老太太、你们的母亲和阿姑知道。

爸爸

十月八日

点评

这是陶行知于 1923 年 10 月 8 日写给儿子桃红（又称陶宏）和小桃（即陶晓光）的信。在信中，陶行知对两个儿子提出表扬，因哥哥教弟弟读《千字课》发现了连环教学法，从中可以看出陶行知把全身心都投入了教育，为了教育事业呕心沥血。

陶行知的教育活动是在民族危亡、国难当头的社会环境中进行的，因此他的教育实践是与民主爱国的活动相伴而行的。早年他曾投身于辛亥革命、"九一八"事变、"一·二八"事变，并积极从事抗日救亡运动，参与发起上海文化界救国会、组织国难教育社等。

陶行知最早注意到乡村教育问题，先后创办晓庄学校、生活教育社、山海工学团、育才学校和社会大学。他一生办过许多各种类型的学校，这些学校为社会培育了大批有用人才，还输送了不少革命青年到延安和大别山抗日根据地参加革命。

陶行知宣传生活教育，提倡"教学做合一"及小先生制，要求教育与实际结合，为人民大众服务。

何秉彝

男自有男在！

作者简介

何秉彝（1902—1925），字念慈，四川彭县人。出身于地主兼商人家庭。1924 年进上海大同中学读书，后转入上海大学社会系，积极参加中共领导的革命活动。1925 年加入中国共产党。同年 5 月 31 日，为了抗议帝国主义杀害顾正红的暴行，带领学生在南京路举行反帝大示威，不幸遭帝国主义巡捕的枪杀，时年 23 岁。

书信内容

父亲：

来谕收到了，跪读了！

谕内一般失意悲怨责斥……男的话，男读了过后，并没有对于你老人家绝对的反感。因为你老人家那番爱子之心，是出于自然的、至诚的，男是切实底知道的，盼望男成为你老人家那心目中的人：当国立的大学生，操脍炙人口科学；将来成为一个外国状元，做大官，发大财，显扬宗祖，夸跃〔耀〕一时，这都是你老人家的爱男，对于男的希望。男并不敢作什么反响！不过，父亲！你只知道有你，确把你这个男忘了！忘掉了男还是个人：有心脑，有个性，有主观，有志愿，有自由，有人格！只知道以自己的心脑，个性，主观和志愿，去希望人，支配人，使命人。父亲：这是不对的，——是绝对的不对！是夺去人的自由，坠〔堕〕落人的人格的！父亲，你是人们唯一的爱之神，你是爱男，望男好，男是深切的知道的，只是，你那个爱，是爱错了，不是真正的爱。要是真正的爱，就应当：不要夺去男的心脑，淹没男的个性，丢掉男的主观，蒙蔽男的志愿，归还男的自由，不强住男，事事都要苟同于你，这才是真正的爱男，理论上的爱男，增长男莫大的人格！父亲，男自有男在！男自男，父亲自父亲，旁人自旁人，我的学问如何？志愿如何？……怎能和你老人家，和人群苟同呢？况且，现在的一般人心是虚伪、势利、臭恶、坠［堕］落到极点了呢？父亲！男盼望你，是以那真正的爱来爱男，把男看成还是如你一样的一个人！

至于用钱一事，男并未曾妄用践踏一个；实在是省不能再省了，要用那些，即是前次的打电回来要，亦实在是进堂在即，要缴八十九元的学费，一个也不能少！

上大①还要一个礼拜才能开学，因为江浙战事②的阻碍，同学还有许［多］没有来，并且廿五、六两号还要招一次生。母亲该没有吃药？玉芬玉琼两妹许她进堂读书没有？均弟在成都有没有信回来，还有如前那样的浑［魂］灵否？他怎么半年多了，连一封信都不写来？没有话说了！

再禀罢，跪请

望安！

男秉彝禀

八月二十四日

注释：

①上大：即上海大学。

②江浙战事：指江浙战争，又称齐卢之战。1924年9月3日至10月12日，盘踞江苏的直系军阀齐燮元和福建的孙传芳，发动了夺取皖系军阀卢永祥所担制的上海的战争。信中所写的日期是农历。

点评

这封信是何秉彝于1924年在上海写的。当时，他在上海边上学边从事革命活动，使其父亲深为不满和忧虑。父亲曾写信规劝儿子要专致读书，做官发财，以光宗耀祖。何秉彝在回信中劝慰父亲，这不是真正的爱儿，并陈述自己的革命志向。

蒋光慈

虽然看见了你的相片，我已经很快乐了，但是倘若能亲自见着你的面，必定更多得些安慰！倘若能够与你多谈一些话，则必定更为幸福了！

作者简介

蒋光慈（1901—1931），原名光赤，又名侠生、侠僧等，安徽霍邱人。现代小说家、诗人。早年参加五四运动。1921年赴苏俄留学，次年加入中国共产党。归国后，与邓中夏等倡导革命文学，初写诗歌，后以创作小说为主。1927年组织革命文学团体太阳社，出版《太阳月刊》，并主编《时代文艺》《新流》等文学刊物。后病逝于上海。著有诗集《新梦》《哀中国》《短裤党》《咆哮了的土地》等。

书信内容

亲爱的若瑜友①：

我正在用土栽培兰花的时候，忽然接到你的玉照，并且它是用一张上面印有兰花的信纸包着的，这却未免有点奇怪了。我想，你或者是兰花的倩影，你喷气如兰，你如兰花的清幽，我将它（不，是你，）看了又看，不觉有说不出的无限的愉快！我盼望它，我恳切地盼望它，它……它……它今日居然来了！这几天我时常间［敲］学校的门房：有位朋友寄一张相片给我，可到了没有？每当问他的时候，我恐怕得着了一个"不"字。幸而今天我接到了。

我对于你每一封信都有答复，你都收到了没有？

我很希望你能够到南京继续求学，因为南京离上海不远，我可以抽空来看你。虽然看见了你的相片，我已经很快乐了，但是倘若能亲自见着你的面，必定更多得些安慰！倘若能够与你多谈一些话，则必定更为幸福了！但是你呢？……

我现在一切如常，没有特别可以告诉你的地方。你现在精神好吗？请珍重你的健康！有了健康，才有快乐！

你友侠生②
二月十六日

注释：

①若瑜友：指宋若瑜，蒋光慈的妻子。

②侠生：蒋光慈又名蒋侠生。

点评

这封信选自《纪念碑》，是蒋光慈于 1925 年 2 月 26 日写给宋若瑜的情书。从信中可以看出，蒋光慈与宋若瑜的爱情已升腾到炽热无比的程度。

蒋光慈和宋若瑜的爱情生活富有浪漫意味。他们俩原先分隔两地，不曾谋面，是通过频繁的鸿雁传书而逐渐建立起感情的。当时宋若瑜在河南省立开封第一女子师范读书，通过同学介绍，与蒋光慈建立了通信联系。1920 年 6 月，蒋光慈给宋若瑜发出了第一封联系信，自此后，两人以指点江山、挥斥方遒的气势，纵论天下大事，充满了对现实制度不满和对光明世界的渴望。起初，蒋光慈的来信公开在宋若瑜同学间互相传阅。但随着岁月的流逝，这种朋友间的公开交谈，逐渐演变成两人秘密互吐衷肠的情书。

1924 年秋，蒋光慈向宋若瑜发出第一封求爱信。自此后，两人随着那频繁往来的一纸情书而紧紧地黏合在一起了。1926 年 8 月，两人结为夫妻。不料一月后，宋若瑜因肺病住院，同年 11 月 6 日不幸逝世。蒋光慈在悲痛之余，将两人书信97封编为一集，名为《纪念碑》，在宋若瑜逝世一周年时出版，以纪念两人那种刻骨铭心、缱绻温馨的恋情。

王稼祥

革命是我终身的寄托了。

作者简介

王稼祥（1906—1974），原名嘉祥、稼蔷，安徽泾县人。1925年加入中国共产主义青年团，赴苏联莫斯科中山大学学习。1928年加入中国共产党。1930年归国。1934年选为中央政治局委员。在长征途中的遵义会议上，坚决支持毛泽东的意见，会后任中共中央三人军事指挥小组成员、中央政治局常委。抗日战争时期任中央军委副主席、总政治部主任。1943年首次提出并论证了毛泽东思想科学概念。解放战争时期，任中共中央东北局委员、城市工作部长等。新中国成立后，任中国首任驻苏联大使、外交部副部长等职。1974年1月25日病逝于北京。

书信内容

柳华弟：

来函阅悉，勿念。

你不赞成我独身。不错！我自己也不赞成独身，但自己的环境和社会的制度，把我逼上这条路，不由得我不赞成了。你看社会阶级，多么悬殊；经济制度，多么恶劣，他们毕竟把全人类的自由幸福，剥夺尽了。富者骄侈，贫者凄楚，你若没有势力和金钱，你站在社会里，是危险极了。你我都是平民，都是中产阶级里的分子，将来的生计，真是茫茫无路，毫没把握呵。要我不顾廉耻，抛弃人格，到社会里去鬼混，我又安心不下。看吧！将来的生活，是多么困难呀！自己一身的生活，既难解决，哪里又有能力去组织家庭，去维持子女的生活呢？这是我独身的第一理由。

"没有恋爱的婚姻，是痛苦的，罪恶的。"我们结婚，那必定要以恋爱为基础了。我们感觉婚姻痛苦的原因，就是没有恋爱。不过追问一句，我们将来结婚，又敢断定必有恋爱吗？柳华呵！在私有资本的社会里，真正的恋爱，不会实现的。你看今日刚才觉醒的女子，谁不想嫁给富翁，谁又愿同你这贫汉结婚呢？"唉！恋爱的真与美，已被经济玷污。"我们将来能为恋爱而恋爱，为恋爱而结婚，真是非常之难，几乎是不可能的了。与其是将来受失恋的痛苦和离婚的酸楚，倒不如这时抱独身主义，还安稳些呢。这是我独身的第二理由。

在今日的社会，妇女被离弃了以后，是极痛苦的。嫁人吧，没得人要；自立吧，没得能力。我为的过不惯这卖淫似的性生活，所以要离婚。不过离婚后，她的生活，我仍然是要代为维持的。在名义上，她还是个未被离弃的女子，可以不致招旧社会的苛斥。在生活上，她有了我代为维持，也不致有什么困难。她假若愿意再嫁，我自不干涉；她能独立，我自不多事。这是我解决这问题的步骤和方法，也是我不愿再娶的第三理由。

这三个理由——三种环境——把我逼上这条路了。唉！人有恋爱的本能，谁不希望去满足呢？我又何尝不想尝一尝恋爱的滋味，享一享男女的快乐呢？可是，环境不许，怎奈何呢？算了吧！不想恋爱的幸福，不去组织家庭，只把我的全力，置之社会革命。唉！革命是我终身的寄托了。

十三号校中给春假十二天，我欲赴陕一行，以解下年进学的计划。不过我也想进东南呢，以后再去吧！

前次我写了一封谈婚姻的信给我父亲，以为总可以收点效果，哪知反招纠纷。惠周①听到这信的内容，立刻写信把我大大地谴责，讲我千不是万不是，不过我回了一信，大大地辩驳了一下。

好！写得不少了。再谈吧，即请文安。

嘉祥

九号下午

注释：

①惠周：即王惠周，王稼祥的叔父。

点评

这封信是王稼祥19岁时写给堂弟王柳华的，当时王柳华在安庆圣保罗学校读书。

由于父母包办，王稼祥有了第一次痛苦的婚姻，他要求离婚，

但父母和亲属均表示反对。在这种欲离而不能离的苦闷心情中，他在这封信中提出了独身的主张，从他陈述的独身主张的三条理由中，可以看出王稼祥的正确的恋爱婚姻观和人生观。正是由于对旧社会、旧制度的强烈不满，才使青年时代的王稼祥走上了革命的道路。

邓恩铭

儿生性与人不同，最憎恶的是名与利，故有负双亲之期望，但所志既如此，亦无何如何。

作者简介

邓恩铭（1901—1931），又名恩明，字仲尧，贵州荔波人，1901年生，水族。五四运动爆发后积极响应北京学生爱国运动，组织学生参加罢课运动。1920年11月与王尽美等组织励新学会，介绍俄国十月革命，抨击社会现状。1921年7月与王尽美代表山东共产党早期组织，赴上海出席中国共产党第一次全国代表大会。会后回济南建立中共山东区支部，任支部委员。1928年12月在济南被捕。1931年4月5日被反动派杀害，时年30岁。

书信内容

父亲大人：

不写信又三个月了，知双亲一定挂念，但儿又何尝不惦念双亲呢。儿一向很好，想双亲及祖母……均安康如常？

儿生性与人不同，最憎恶的是名与利，故有负双亲之期望，但所志既如此，亦无何如何。再婚姻事已早将不能回去完婚之意直达王家，儿主张既定，决不更改，故同意与否，儿概不问，各行其是可也。三爷①与印寿②回南，儿本当同行，奈职务缠身，无法摆脱，故只好硬着心肠不回去。印寿如到荔，问他就知道儿一切情形了。儿明天回青岛，仍就原事。余后续禀，肃此敬请

福安并叩

祖母万福顺祝

阖家清吉

男恩明谨禀

五月八日

回家事虽没定，

但亦不可告人。

注释：

①三爷：邓恩铭的堂二叔。

②印寿：即黄幼云，邓恩铭的堂弟。

点评

这封信于 1925 年 5 月 8 日写于淄川。当时邓恩铭正在去青岛途中，抽时间写下这封信，寄给远在贵州的父亲。

1925 年，邓恩铭担任中共青岛市委书记，领导工人运动。在邓恩铭等领导下，1925 年 2 月 8 日，胶济铁路工会领导工人举行大罢工，迫使铁路局答应了工人的部分要求。同时，四方机车厂工人也举行同盟大罢工，历时 9 天，最终取得了胜利。同年 4 月，邓恩铭与王尽美等人组织领导了青岛日商纱厂工人同盟大罢工，罢工工人达到1.8 万人，形成了青岛历史上第一次罢工高潮。邓恩铭在青岛的活动，引起了反动当局极大惊恐。青岛反动政府当局于 5 月 11 日将他赶出青岛，但他仍继续领导青岛的工人运动。

王尽美

嘱全体同志好好工作，为无产阶级和全人类的解放和
共产主义的彻底实现而奋斗到底！

作者简介

王尽美（1898—1925），原名瑞俊，字灼斋，山东省诸城市枳沟镇大北杏村人。中国共产党创始人之一，山东党组织最早的组织者和领导者。五四运动期间是山东学生运动的领导者之一。1920年9月组织马克思学说研究会，后又组织共产党小组。1921年7月，和邓恩铭一起代表山东共产党小组出席中国共产党第一次全国代表大会。会后任中共山东区支部书记。1922年赴莫斯科出席远东各国共产党及民族革命团体第一次代表大会，回国后参加中国共产党第二次全国代表大会。会后留在中国劳动组合书记部书记处工作。不久，到山海关一带领导工人运动。1923年调回山东负责党的工作。1925年8月19日在青岛病逝，时年27岁。

书信内容

遗　嘱

嘱全体同志好好工作，为无产阶级和全人类的解放和共产主义的彻底实现而奋斗到底！

点评

这篇遗嘱是1925年夏，王尽美病危时口述的，记录写好后，王尽美过目，并在遗嘱上面画押。

王尽美在党的创建和早期革命活动中，做出了卓越贡献。长期的忘我工作和艰苦生活，使他患了肺结核。

1925 年春节前夕，王尽美因疲劳过度吐血晕倒，进院治疗。当时正值工人运动蓬勃发展之际，他毅然出院，抱病赴青岛投入战斗。在他的艰苦努力下，迅速成立了青岛国民会议促成会。2 月正式成立中共山东地方执行委员会。他与邓恩铭一起领导胶济铁路全线和四方机厂工人大罢工，并取得胜利，成立了胶济铁路总工会。3 月 1 日，他与王哲一起去北京参加国民会议促成会全国代表大会，并于 3 月 12 日参加了孙中山先生的葬礼。4 月又去青岛与邓恩铭一起领导青岛纱厂工人第一次联合大罢工，迫使日本资本家签订了 9 项复工条件。6 月，王尽美因肺病复发，在组织的安排下回到故乡养病。后因病重又到青岛医院治疗。病危期间，他请青岛党组织负责人笔录了他的遗嘱。王尽美在生命垂危之际，想到的依然是共产主义和人民解放事业，这种精神可歌可叹。

张霁帆

我原拟新年中赴南京养病，唯因战争患难之际，不便弃人而独就逸地，故竟未成行。

作者简介

张霁帆（1901—1926），四川宜宾人。1921 年在四川泸州师范加入社会主义青年团。1924 年由恽代英介绍加入中国共产党。先后在上海、南京、开封等地从事革命工作，曾任共青团河南省委书记等职。1926 年 8 月初路经徐州时，被军阀孙传芳逮捕，同年被毒死于南京小营陆军监狱，时年 25 岁。

书信内容

十哥：

此间战士〔事〕期中，交通四塞，久不通信，现国民军①已被吴佩孚部下赶走，交通略开。但战事仍在近处相持，国民军且有卷土重来之势。开封政局虽经此一番变革，但人民尚未受牺牲，与川中情形稍异。

我原拟新年中赴南京养病，唯因战争患难之际，不便弃人而独就逸地，故竟未成行。现在政局尚毫无定势，所以我的行踪愈无一定，不过亦不出几天就可定了。现急于相告的，就是我原来那个通信地方靠不住了，以后来信都暂交上海竹贤转。

我病仍无转变，近因事稍多略剧，但少息又必减，盖此稍类病或愈或厉均非短时能转变也。只要局势稍定，仍虽〔将〕觅地少息。

此信阅后务速转付十三弟一阅，恐乡中又来信交此间也。

霁帆
正月十九日

注释：

①国民军：冯玉祥在第二次直奉战争中，于1924年10月21日率部发动"北京政变"，其所属部队改称"中华民国国民军"。冯玉祥任总司令兼第一军军长。

点评

这封信是张霁帆于1926年正月十九日写给堂兄张立如的。1926年1月，张霁帆担任中共豫陕区委委员兼共青团区委书记。当时河南青年团体青年社、青年学社、青年救国会等组织互相竞争，各谋发展，严重影响了青年组织的团结和统一。张霁帆深入到各团体中去，做说服教育工作，使各团体消除隔阂，合并为青年协社，创办了《河南青年》。长期艰苦而紧张的斗争生活，使张霁帆身患严重疾病，但他依然带病坚持工作，一次次放弃自己的休养计划，从中可以体现出张霁帆为了革命事业而献身的精神。

童长荣

这不独是中国，全世界都走到五叔所常说的"大劫"
的关头，但也是黑暗和光明的天晓。

作者简介

童长荣（1907—1934），又名张长荣，安徽湖东县（今枞阳县）人。
1924年加入中国共产党。1925年夏留学日本，继续从事革命活动。
1928年夏因领导中国留日生反对日本侵略中国的革命活动，被日本
当局逮捕并驱逐出境。回国后，历任中共上海沪中区委书记、中共
河南省委书记、中共大连市委书记等职。"九一八"事变后，任东
满特委书记，是东满抗日游击队创建人之一。1934年3月21日，
在吉林省汪清县与日军战斗中，英勇牺牲，时年27岁。

书信内容

母亲大人：

好久没写信回家了，劳你老人们挂念，心实不能安，老人们或
者以为我忘了家罢，其实我决不，我无日不想回去看看乡里的沧桑，
家庭的状况，你老母的平安！

想回去而不回去的理由，很简单，因为来回要百多元。——春
假了，还是欲归不得！

乡里的兵匪之乱，怕还未平静吧，——这是不能平静的呵。在
社会未变革，上下未颠倒以前。——这不独是中国，全世界都走到
五叔所常说的"大劫"的关头，但也是黑暗和光明的天晓。日本近
日全国捕去了千多革命者，但是劳农的反抗也就随着更加高涨起来，
压不下去的。

我在求学之时，听到或看到这些事情，就常常不禁浩叹！——

我家为什么这样破落？你老人家年老了，为什么不能得到事养？我读书之年为什么没钱读书？怎样解决这些问题？

又听说广东东江和海南岛一带的小百姓全都赤化起来，田塍也废掉了，田契债据都烧毁掉了，生意也兴盛起来了，——他们胆子真大呀，简直是无法无天！

在日本消息非常灵通，真是触目接耳［继而］心酸！

以后来信，统寄日本东京府下大冈山李仲明样，内封长荣收。因为春假要去他处旅行，以后又要住贷间的。

诸长，诸兄，诸友，皆问好！

敬叩金安！

荣儿

三·二十日

点评

这封信是 1926 年 3 月 20 日童长荣于日本留学期间写给母亲的。在信中，表达了童长荣对母亲的思念与不能回家的愧疚，还有对革命的未来满怀的希望。

当时，童长荣担任中共日本特别支部的领导。根据党中央的指示精神，他在东京成立了"社会科学研究会"，团结广大旅日的中国留学生和华侨，积极开展马列主义的宣传教育工作。信中提到"日本近日全国捕去了千多革命者，但是劳农的反抗也就随着更加高涨起来"，童长荣就是这样在革命与反革命的较量中愈战愈勇。1928年 5 月，他发动和领导广大旅日的中国留学生和华侨，在东京街头掀起了声势浩大的反对日本侵略军制造"济南惨案"的反日爱国斗争，随后他被选为"中国留日各界反日出兵大同盟"的理事。

日本当局深感不安，采取了法西斯手段把童长荣等逮捕入狱。经过两个多月的狱中斗争，日本法西斯不得不将他们释放出狱，但日本当局却以宣传共产主义的罪名把童长荣驱逐出境。童长荣的留学生涯就此结束。但他的革命事业随之又进入一个新的高峰。

陆更夫

要是我回家也很容易，不过我现在不能回来！

作者简介

陆更夫（1906—1932），原名陆承楠，号梗夫，化名张清泉，四川叙永人。生于教师家庭，自幼随父读书。1922年从永宁联立中学转入成都高等师范学校附属中学，1923年加入中国社会主义青年团，1925年加入中国共产党。他是黄埔军官学校第四期政治科学员，参加过广州起义，参与创办文艺刊物《心波》及《红涛周刊》，宣传新思想。1932年3月被捕，7月牺牲于广州东部。

书信内容

希圣五弟：

前在高安寄上一函，想已收到。我在高安已住二十多日，现南昌（江西省城）已克复，三、二日后，我将到江西省城去了！我们的军队由广州出发，我也由湖南、湖北到江西，将来不知能否到南京、上海。南昌到汉口只需二日，汉口四日到重庆，要是我回家也很容易，不过我现在不能回来！

我很久没有得到家信了，然而这是没有办法的事，不久我该可以决定交信地点，决定时再通知你！

父亲现在何处？我不知信该交什么地方！母亲近来想也安好无恙！我现在的身体很是安健，能吃苦！不害病，这是母亲和你们都喜欢的！

到南昌时再和你通信！你读书的进度怎样？你该自己管理自己！
敬祝

母亲安好！

更夫
由万里外的江西

点评

这封家书写于 1926 年 11 月 6 日，是陆更夫在北伐途中所写。由于战乱，颠沛流离，辗转一个多月才到达四川叙永家中。这封信是陆更夫所寄诸多家信中唯一幸存的遗墨。正面是家书全文，背面绘上了北伐战争进军线路略图，供家乡的亲人了解北伐战争的进展情况和亲人所在的方位。地图旁边还用小字标注："南昌文物'滕王阁'被军阀所毁，实在可惜！"从这里可以看出陆更夫对祖国山河的热爱。

2005 年 6 月，欣闻中国国家博物馆等五家单位发起抢救民间家书活动，这封家书由陆更夫的亲属亲自送到北京，捐献给抢救民间家书的项目组委会，并于 2006 年 5 月作为民间首批家书之一被中国国家博物馆收藏。

北伐是自 1926 年至 1928 年，由国民革命军北进讨伐北洋政府的战争。此次战争使得中国统一在由中国国民党领导之国民政府旗下。

1926 年 5 月上旬，广东革命政府派遣国民革命军第四军叶挺独立团和第七军一部为北伐先遣队，从广东肇庆出发，挺进湖南，揭开了北伐战争的序幕。

7 月 1 日，广东革命政府在广州誓师北伐。9 日，北伐战争在"打倒列强，除军阀"的口号声中正式开始。参加北伐战争的国民革命军共八个军，约十万人，蒋介石为总司令。北伐的主要对象是三支北洋军阀部队：一是直系吴佩孚，占据湖南、湖北、河南三省和河北的一部，约有兵力 20 万；二是由直系分化出来自成一派的孙传芳，割据着江苏、浙江、安徽、江西、福建五省，有兵力 20 万左右；三是奉系张作霖，控制东北三省、热河、察哈尔、京津地区和山东，约有兵力 30 多万。

陆更夫随北伐军从广州出发转战数省，最后胜利到达武汉，1927 年在中央军事学校武汉分校工作。陆更夫任政治部宣传科科长，主编《革命生活》日刊。在蒋介石背叛革命后，曾多次署名发表《斥蒋介石！》《再斥蒋介石！》《蒋校长到何处去了！》等讨蒋檄文，轰动武汉。

沈志昂

> 我的身体不是我自己的，是公众的，倘使为公众利益而要我身体死的时候——但是精神终不会死——我当不辞的，向前走。牺牲了我个人，得到群众的利益，我的做的。

作者简介

沈志昂（1906—1928），又名益丰，上海奉贤人。1925 年加入中国共产党。曾参加广州起义，后在海陆丰坚持武装斗争。1928 年在广东海陆丰县碣石溪英勇牺牲，年仅 22 岁。

书信内容（节选）

我亲爱的玩缪姊姊：

虽然人是情感的动物，也是理智的动物。我近来觉得凡是 [事] 不能先讲情感而后讲理智的。先讲情感而 [后] 讲理智者，其所得的理智必不准确的，而其情感必不神圣的，亦不愉快的。先讲理智而后讲情感，这样结果是起于真正的理智，而得的真正的情感，双方确是真是神圣的。所以我近来的主张，是先讲理智而后讲情感的，苟其理智讲不通，那么无情感的可讲，情愿把情感牺牲，不情愿把真正的理智牺牲而得的是假的情感——心面不和的情感——因此而论到中国的状况，现在的中国，是受国际帝国主义者蹂躏［到］了如此地步，军阀之压迫人民，学阀之压迫学生，资本家压迫无产阶级，旧礼教的压迫男女青年，旧家庭陷害子女，种种的目不忍睹的惨状，使我时时心惊肉跳，因之在黑暗之中求光明的地方，不得不起来革命，革帝国主义之命，革军阀的命，革学阀的命，革资产阶级的命，革家庭的命，革一切的命，求国家之光明，求社会之光明，求无产阶级之光明，求男女青年之光明，这种应该革命，是我的理智了。因之合我的理智的——就是赞成革命者——我就和他发生情感，不合我理智者，就是从前有情感的，也因之而消灭。这是我已锻炼至极坚的意志。

当然，革命是要牺牲的，倘使要个人做官发财而革命，那不是真真地革命，乃是反革命。这类人就是国民党右派，国家主义派，我绝对反对的。我们应该以群众利益为自己利益，以群众生命为自己生命，为主义而生，为主义而死，一个铁石的青年人革命家。我前尝对你说："我是为社会上谋幸福的一个人。"我的身体不是我自己的，是公众的，倘使为公众利益而要我身体死的时候——但是精神终不会死——我当不辞的，向前走。牺牲了我个人，得到群众的利益，我的做的。

点评

这是沈志昂于 1926 年写给妻子玩缪（即汤谨）的信。这封信不同于一般的家书和情书，它是一位革命志士向尚不谙革命道理的妻子做宣传鼓动工作，进行热情澎湃的演讲。信中把议论说理、写景抒情全部熔于一炉，读后使人受到感染，热血沸腾，催人奋发。

文章说理的主题是理智与情感何者为先的问题。他认为人类既是情感的动物，也是理智的动物，但理智应统率情感。他的理智观是以是否革命为分界线，一切赞成革命的，就是他的兄弟朋友，就能产生情感；反之，则从前有情感的，也因之而消灭。可见他的理智情感观具有鲜明的阶级属性。

侯绍裘

汉口英界乃事势所迫，其他各地各国之租界，如无惨杀华人等案件发生，则无论此时或将来归入国民政府势力范围，亦必用和平之谈判收回之。

作者简介

侯绍裘（1896—1927），字墨樵，化名苏绍裘，江苏松江县（现上海市郊县）人。1923 年，侯绍裘先后加入国民党和中国共产党。他积极参加五卅运动的发动组织工作，成为上海和江苏群众运动中有影响的领导人之一。对新军阀的劝诱严词拒绝，后被蒋介石秘密杀害，牺牲时年仅 31 岁。

书信内容

鸣时：

现在有一件事要求你，望你作一篇关于汉案的英文文章投稿到大陆、字林西报，其要点大略如下：（一）租界上盗案等叠出，外人维持治安之能力并未能高于华人。而租界当局往往无故公然杀戮华人，华人久蓄愤懑之心，触机爆发。如五卅案后，香港、上海之罢工……（二）至于汉口事件，则因英人仍故态复萌，无故公然惨杀华人，民众之愤怒不可遏抑，而租界当局亦实已表颂［现］无维持治安之能力，国民政府为显示威信，维持治安及保全外人之安全，以维持邦交计，不得不暂行接管。此属事势所迫，不得不尔。（三）汉口英界之接管，目前仅为暂时接管性质，以便实现如上述之各项企图。其初本未有贸然以武力收回之心，即事后亦并非借口而实行收回。乃现在且暂行接管，再行交涉汉案之善后。如英当局能承认人民之要求，保证将来无此等事件之发生，以触怒华人，且实能保证其有维持治安之能力，则交涉结束后，亦未始不可。仍行交出，再行用和平谈判收回。（四）收回租界，虽属民党之究竟［最后］目的，然并不欲用强制之手段，且亦不一定即欲在此时局未定之际率然用武力或其他强硬之方法收回。汉口英界乃事势所迫，其他各地各国之租界，如无惨杀华人等案件发生，则无论此时或将来归入国民政府势力范围，亦必用和平之谈判收回之。汉口之他国人及别地之各国人均无所用其惊慌也。（五）至于收回租界为一事，尽国际之礼貌及义务又为一事。故无论收回与否或暂行接管，而对于居留之外［国］人生命财产必尽保护之责。其自相惊扰者，则必系故意慌张。欲挑拨一切外［国］人对我之反感之阴谋也。

绍裘

点评

这封信写于 1927 年 1 月 3 日，在英帝国主义制造汉案（汉口惨案）后，侯绍裘写信给妹夫唐鸣时，要求他撰写文章揭露英帝国主义制造汉口惨案的真相。

1927 年 1 月 3 日，武汉工人、学生和市民召开大会，庆祝北伐胜利和国民政府迁到武汉。下午 2 时，武汉中央军事政治学校政治科 30 余名学生宣传员，在靠近英租界的空地上演说。英租界急调大批水兵，用刺刀驱赶群众。当场 2 人被刺成重伤，轻伤数十人。

惨案发生后，立即激起中国人民的极大民族义愤，一场新的反帝风暴迅速在武汉展开。武汉各界于当晚分别召集紧急会议，分析形势，研究对策。武汉国民政府外交部长陈友仁召见英国驻汉领事，限令英国水兵 24 小时内撤回军舰上，否则不负责英国人的安全。

1 月 5 日，武汉 30 万民众以及各界 400 多个团体举行反英示威，之后冲入占领英国租界，并交由武汉国民政府接管。经过谈判之后，2 月英国驻华公使签署国民政府《收回汉口、九江英租界协定》，这是中国首次从西方列强的手中收回被夺利权，在中国革命斗争史上具有重大历史意义。

袁国平

此行也愿拼热血头颅，战死沙场以搏一快，他日儿若成仁取义，以此照为死别之纪念。

作者简介

袁国平（1906—1941），化名醉涵，湖南邵东县人。1925 年加入中国共产党。参加过北伐战争、南昌起义。在广州起义中任中国工农革命军第四师师委委员和师党代表。起义失败后调到上海，后进入中央苏区，任中国工农红军第三军团政治部主任。抗日战争爆发后，一度任陇东特委书记。1938 年任新四军政治部主任。1941 年 1 月在国民党制造的皖南事变突围时牺牲，时年 35 岁。

书信内容

亲爱的母亲：

一九二七年五月顷，反革命谋袭武汉，形势岌岌，革命志士，莫不愤恨填膺，舍身赴敌。

斯时，余在第十一军政治部服务，也奉命出发鄂西，抗御强寇，此行也愿拼热血头颅，战死沙场以搏一快，他日儿若成仁取义，以此照为死别之纪念。

万一凯旋生还，异日与阿母重逢再睹此像，再谈此语，其快乐更当何如耶！

儿醉涵于武昌整装待发之际

1927 年 5 月 25 日

点评

这封信写在袁国平给母亲寄去的照片背面，写于 1927 年 5 月 25 日。1927 年初，北伐战争的节节胜利、工农运动的持续高涨，使得国民党反动势力极度恐慌，于是加紧了叛变革命活动。5 月 13 日，在蒋介石的唆使下，国民革命军第十四独立师师长夏斗寅发动叛乱，并向武汉攻击，被叶挺率领的国民军击败。5 月 21 日夜，许克祥率 1 000 多人发动政变，即"马日事变"，封闭湖南省工会、省农会及其他革命团体，大肆捕杀共产党人、国民党左派及工农群众。许克祥发动政变后，反动军阀夏斗寅在鄂西急欲谋袭武汉。袁国平参加了讨伐夏斗寅叛乱的战斗。临行前，袁国平给母亲寄去一张照片作为诀别，并在照片背面写下这封信，表达了自己视死如归的革命精神。

夏明翰

抛头颅，洒热血，明翰早已视等闲。"各取所需"终有日，革命事业代代传。

作者简介

夏明翰（1900—1928），字桂根，又名陈日羽，湖南衡阳人。

1921年加入中国共产党，在长沙从事工人运动。1926年2月，被调到武汉工作，担任全国农民协会秘书长，兼任毛泽东和中央农民运动讲习所秘书。1927年7月大革命失败后，参与发动秋收起义和平江农民暴动。1928年3月18日，由于叛徒的出卖不幸被捕。3月20日，在汉口余记里刑场英勇就义。

书信内容

亲爱的夫人钧：

同志们曾说世上唯有家钧好，今日里才觉得你是巾帼贤。我一生无愁无泪无私念，你切莫悲悲凄凄泪涟涟。张眼望，这人世，几家夫妻偕老有百年。抛头颅，洒热血，明翰早已视等闲。"各取所需"终有日，革命事业代代传。红珠①留着相思念，赤云②孤苦望成全，坚持革命继吾志，誓将真理传人寰！

注释

①红珠：指1927年夏明翰赠给妻子的纪念品，在包红珠的纸上，夏明翰还写了两句诗："我赠红珠如赠心，但愿君心似我心。"

②赤云：即夏明翰烈士的女儿。

点评

这是夏明翰在1928年3月就义前几天写给妻子郑家钧的信。在信中，体现了夏明翰视死如归、大义凛然的英雄气概。

1928年3月18日，由于叛徒出卖，夏明翰在汉口被捕。面对敌人的威逼利诱，夏明翰大义凛然地说，"为了劳苦工农的解放，为了使我们的后代能过上美满幸福的生活，我们随时准备牺牲自己的生命。"当敌人强迫他悔过自新时，他却面对一大群记者，用尽全身力气高呼："打倒国民党反动派！""中国共产党万岁！"当刽子手问他还有什么话要讲时，他用带着铁铐的手，挥毫写下了"砍头不要紧，只要主义真。杀了夏明翰，还有后来人！”这首流传千古的就义诗。
这诗不仅是夏明翰伟大人格的体现，也是他崇高信念的最好表达。

钟志申

我知道我的牺牲，不会白牺牲，我的血不会白流。因
为血债须用血来还。党会给我报仇，你们会给我报仇。要
记住：共产党是杀不完的啊！

作者简介

钟志申（1893—1928），湖南省湘潭县韶山冲人。1925年6月，
他加入了中国共产党，是中共韶山特别支部最早的5名党员之一。
1927年毛泽东回韶山考察农民运动时，他陪毛泽东视察了几个乡的
农民运动，之后积极发展农民武装。“马日事变”后，在长沙开了
一家小金货铺，从事党的地下交通工作。1928年初，由于叛徒告密，
不幸被捕入狱。3月12日，在长沙英勇就义，时年35岁。

书信内容

志炎、志刚二兄：

我的案子突然变得严重，可能无出狱希望，这并不可怕。当我
入党之时，就抱定视死如归的意志。我认定：共产党一定会胜利，
革命一定会成功。我牺牲生命，是为了寻找自由，为了全国人民求
得解放。我知道我的牺牲，不会白牺牲，我的血不会白流。因为血
债须用血来还。党会给我报仇，你们会给我报仇。要记住：共产党
是杀不完的啊！

你们接到这封信时，可能我已不在人世了。我死不足惜，但继
母在堂，子女年幼，周氏不聪，全赖你们维持、抚育，安慰他们不

要悲痛。桃三成人，可以继我志，我无念。

民国十七年三月十日

志申笔

点评

这是钟志申在临刑前两天写给两个哥哥的遗书，写于1928年3月10日。遗书除拜托对其妻子周氏与幼儿桃三给予照顾外，还表达了一个共产党员对共产主义的坚定信念和视死如归的崇高革命精神。

钟志申是中共韶山特别支部最早的5名党员之一，受党组织派遣，在白庙事农民运动，并以教书为掩护，创办"知行合践社"，自任经理。他利用该社对外印发学生课本和"雪耻会"传单，对内进行党的秘密交通联络，为党筹措活动经费。他先后担任中共韶山总支部委员、分支部书记、中共湘潭第一区委员会负责人和第一区农民协会负责人、湘潭县农协委员等职，在韶山一带积极开展农民运动，打击土豪劣绅。

"马日事变"后，他按照党的指示，转移至长沙，以开小金货铺作掩护，从事党的地下联络工作。1928年初，由于叛徒告密，不幸被捕。3月12日在长沙英勇就义。

钟志申牺牲后，人们从他的内衣口袋中发现了这封信，上面浸满鲜血。家属含泪将它隐藏在自家屋檐下的墙缝里，新中国成立后送给党组织保存。

沙文求

中国，只有像你和我被社会挤在幸福以外的人能够担负得起改造的责任。

沙文求（1904—1928），字仲己、端己，浙江鄞县人。1925
年入上海大学学习，参加过五卅运动，同年加入中国共产党。1926
年秋入广州中山大学学习，并担任共青团工作，1927 年参加广州起
义，担任少年先锋队总队长。起义失败后到香港，旋又潜回广州，
坚持斗争，任中共广州市委委员兼市委秘书长。1928 年 8 月牺牲于
广州，时年 24 岁。

书信内容

五弟①：

若是家况还不很凄楚，我尚望你去西张一探我的朋友正夫和四
弟。你在这一次旅程中可以去体念［验］人生的苦乐的意味，促起
你的［对］未来的努力的勇气。

你入得成劳动学院②吗？到那面去是好的，必能使你的生活更
加切实。

现你的努力从第一次起已经过几次的振作？这种勇气维持好
久？现在是不是还有余勇？在我的意料中，现在你的心里或许仍然
有多余的勇气，恐怕在实行上已是消沉得很了。在暑期临头学校放
假的现在，天气又是炎热得很，我很想你的努力必然地要消沉一下。
在这夏季中我告你两件紧要的事情：（一）不要留恋夏夜放弃夏季
的早晨。（二）流汗读书做文可以却热。这却热二字并不是空话，
我在杭州时实在得了这个经验。只要你静心试去，自然不会错的。

你要我送书，但是现在经济的来源非常缺乏，连买信封邮票的
钱都很困难，要买书给你真是难得很吓［呀］。

济南事件③及于上海的影响如何？中国，只有像你和我被社会
挤在幸福以外的人能够担负得起改造的责任，尽管社会是这样幽沉，
家庭是这样悲惨，你可硬着心肠不去理会，镇定地努力向前，别要

受其同化，尚武炼［练］体，虽然得不到一剑，一场，一书，一教师，你要刻苦自振，在这中间去磨砺你的志气。虽然在智慧的训练上受不到社会的教育，你要以百倍的勇气去抗争这个不幸，在一切技术的刻苦练习中去激励你的精神的意志，在这个坚强的意志之下去增进各种的技能。

兄求

六月九日

注释：

①五弟：即沙季同，共青团员，曾参加奉化农民运动。

②劳动学院：当时上海的一所进步学校。

③济南事件：即济南惨案，也叫五三惨案。1928 年 5 月 3 日，日军大举进攻济南，屠杀中国军民达六千余人。

点评

这封信是沙文求于 1928 年 6 月写于广州。

1927 年大革命失败后，中共浙江省委在杭州无法立足，被迫迁到宁波，决定发动奉化暴动。当年 12 月下旬，中共奉化区委在松岙成立，直属省委，沙文汉（沙氏兄弟中排名老三）为区委书记。同时，整顿了各村农会，将 300 余人的农会武装改编为农民军，由卓崇德负责带领集中训练。1928 年 1 月 11 日下午，暴动农民军召开大会，提出打倒帝国主义，打倒军阀，打倒土豪劣绅的口号，并烧毁部分土豪劣绅的地契，后卓崇德率领 32 名农民军到达松岙。但因敌我力量悬殊，县城同各地农军联系中断，中共奉化区委决定停止暴动，解散农民军，人员疏散隐蔽。

奉化暴动失败后，沙文求的五弟沙季同被土豪劣绅抓起来。敌人把他装进麻袋，意欲投入河里，幸好经过乡人保释未死。沙文求得悉此事后，给五弟写了这封信。

史砚芬

　　　　　　我的死是为着社会、国家和人类，是光荣的，是必要的。

作者简介

　　史砚芬（1904—1928），又名史久馨，江苏宜兴县人。1927年加入社会主义青年团。不久，任共青团宜兴县委书记。"八七"会议后，参与组织领导宜兴农民暴动，当选为革命委员会委员。1928年调任共青团南京市委书记，不久又调任共青团江苏省沪宁县巡视员。同年5月到南京巡视工作，不幸被捕。9月27日在南京雨花台英勇就义，时年24岁。

书信内容

亲爱的弟弟妹妹：

　　我今与你们永诀了。

　　我的死是为着社会、国家和人类，是光荣的，是必要的。我死后，有我千万同志，他们能踏着我的血迹奋斗前进，我们的革命事业必底〔定〕于成，故我虽死犹存。我的肉体被反动派毁去了，我的自由的革命的灵魂是永远不会被任何反动者所毁伤！我的不昧的灵魂必时常随着你们，照护你们和我的未死的同志，请你们不要因丧兄而悲吧！

　　妹妹，你年长些，从此以后你是家长了，身兼父母兄长的重大责任。我本不应当把这重大的担子放在你身上，抛弃你们，但为了大我不能不对你们忍心些，我相信你们在痛哭之余，必能谅察我的苦衷而原谅我。

　　弟弟，你年小些，你待姊应如待父母兄长一样，遇事要和她商量，听她指导。家里十余亩田作为你俩生活及教育费。因我死以后，不要治丧，因为这是浪费的。以后你能继我志愿，乃我门第之光，我必含笑九泉，看你成功。不能继我志愿，则万不能与国民党的腐败份［分］子同流。

现在我的心很镇静，但不愿多谈多写。虽有千言万语要嘱咐你们，但始终无法写出。

好，弟妹，今生就这样与你们作结了！

你们的大哥砚芬嘱

点评

这封信是 1928 年 9 月史砚芬于临刑前写的。史砚芬就义后，家属收殓尸体时，从他的内衣口袋里发现了这封信。

1928 年 5 月 5 日，史砚芬在南京参加共青团中央大学支部会议时，由于叛徒出卖，不幸被捕。在狱中，他受尽了敌人的严刑拷打，始终坚贞不屈。他知道自己的时日不多，于是给弟弟妹妹写了这封诀别信。在信中，他表达了视死如归的英雄气概和对革命必胜的信心，同时勉励弟弟妹妹继承自己的遗愿，进行革命斗争。9 月 27 日，史砚芬面对刽子手，高唱《国际歌》，在南京雨花台英勇就义。

陈　觉

谁无父母，谁无儿女，谁无情人，我们正是为了救助全中国人民的父母和妻儿，所以牺牲了自己的一切。

作者简介

陈觉（1903—1928），原名陈炳祥，湖南醴陵人，1925 年加入中国共产党，并于同年冬进入莫斯科中山大学学习，1927 年回国参加革命。同年 9 月，参加了秋收起义，不久被调回湖南省委机关，组建湘南特委。1928 年 4 月，由于叛徒告密，被敌人逮捕，在狱中宁死不屈。10 月 14 日在长沙英勇就义。

书信内容

云霄我的爱妻：

这是我给你的最后的信了，我即日便要处死了，你已有身，不可因我死而过于悲伤。他日无论生男或生女，我的父母会来抚养他的。我的作品以及我的衣物，你可以选择一些给他留作纪念。

你也迟早不免于死，我已请求父亲把我俩合葬。以前我们都不相信有鬼，现在则惟愿有鬼。

"在天愿为比翼鸟，在地愿为并蒂莲，夫妻恩爱永，世世缔良缘"。回忆我俩在苏联求学时，互相切磋，互相勉励，课余时余谈琐事，共话桑麻，假期中或滑冰或避暑，或旅行或游历，形影相随。及去年返国后，你路过家门而不入，与我一路南下，共同工作。你在事业上学业上所给我的帮助，是比任何教师任何同志都要大的，尤其是前年我病本已入膏肓，自度必为异国之鬼，而幸得你的殷勤看护，日夜不离，始得转危为安。那时若死，可说是轻于鸿毛，如今之死，则重于泰山了。

前日父亲来看我时还在设法营救我们，其诚是可感的，但我们宁愿玉碎却不愿瓦全。父母为我费了多少苦心才使我们成人，尤其我那慈爱的母亲，我当年是瞒了她出国的。我的妹妹时常写信告诉我，母亲天天为了惦念她远在异国的爱儿而流泪，我现在也懊悔此次在家乡工作时竟不曾去见她老人家一面，到如今已是死生永别了。前日父亲来时我还活着，而他日来时只能看到他爱儿的尸体了。我想起了我死后父母的悲伤，我也不觉流泪了。云！谁无父母，谁无儿女，谁无情人，我们正是为了救助全中国人民的父母和妻儿，所以牺牲了自己的一切。我们虽然是死了，但我们的遗志自有未死的同志来完成。"大丈夫不成功便成仁",死又何憾。

　　此祝健康

　　并问王同志好!

觉手书
1928.10.10

点评

　　这是陈觉在就义前写给妻子赵云霄的遗嘱,现存放于中国军事博物馆里。与这封遗嘱并排放在一起的,是妻子赵云霄写给自己刚出生不久的孩子的遗嘱。

　　陈觉与赵云霄在莫斯科中山大学学习期间结为夫妻,1927年9月,两人一道回国,参加革命工作。1928年9月中旬,赵云霄在长沙被捕。10月初,陈觉因叛徒出卖而在常德被捕,并随即被押至长沙,与赵云霄同关押于福星街陆军监狱署。不久,与赵云霄同被"惩共法院"以所谓"策划暴动,图谋不轨"的罪名判处死刑,并分别于1928年10月14日和1929年3月26日在长沙英勇就义。

　　就义前,陈觉给妻子留下一封遗书。"以前我们都不相信有鬼,现在则惟愿有鬼。"赵云霄临刑前也给狱中生下的儿子留下遗书一封:"小宝宝,你的母亲在你才有一月又十多天的时候,便与你永别了。小宝宝,你是一个不幸者,生来不知生父是什么样?更不知生母是何人?小宝宝,我很明白地告诉你,你的父母是共产党员,且到俄国读过书(所以才处我们的死刑)。……你的父母,你是再不能看到,而且也没有相片给你。……希望你长大时,好好读书,且要知道你的父母是怎样死的……"这两封信充满革命激情,至今读来仍催人泪下。

柔 石

社会是黑暗的，有的时候，做坏人的得便宜，做好人的吃亏。但我们因此做坏人么？不能够。

作者简介

柔石（1902—1931），原名赵平福，后改平复，浙江宁海人。1923年毕业于杭州第一师范学校，开始文学创作。后在家乡任教，曾担任宁海县教育局长，因与家乡农民暴动事件有牵连而出走上海。在上海得到鲁迅的关心和扶持，任《语丝》编辑，与鲁迅等创办朝华社。1930年3月被选为"左联"执委和常委、编辑部主任，负责《萌芽》编辑工作。同年5月加入中国共产党。1931年1月被捕，2月7日在上海龙华遇难，为左联五烈士之一。主要作品有《旧时代之死》《三姊妹》《二月》等。

书信内容（节选）

西哥①：

复②近来每夜到半夜一二点钟困觉，因为写一篇文章，有时肚里似乎胃病又要发作了，我就一边吞胃药，一边再写。幸得上海朋友医生多，吃药很便，所以身体还是很好，很健。在上次那张照片上，可以看出。现在这篇文章快做好了。大约四万字，复决计卖出去，一收到手，当即以一百元先还兄。这篇卖了以后，就想动手翻译外国名家文章。近来周先生③告诉我一本书，我买到了二本，假如这二本能翻好，我什么债都可以还光。这书共有十五万字，复想两个月翻译完。（翻译——就是将外国字翻作中国字。）此书一翻出，各书店一定愿意买。年内还有四个月，以后两个月，再做自己的文章。因此复希望父母，决不要为福④担心，福之前途，早已预计在胸中了。

社会是黑暗的，有的时候，做坏人的得便宜，做好人的吃亏。但我们因此做坏人么？不能够。苦的东西，有时尝尝会变甜起来，福以为是有道理的。福此后做人，简单的两句话，可以为哥告：一、自己努力、刻苦，忠心于文艺。二、如有金钱余裕时，补助于诸友。现在的世界是功利的世界，这是最可伤心的。我愿西哥勿以我言为迂腐。今年冬，我想不回家。以我不愿意再见宁海，再和宁海之人周旋。父母和西哥能出来一趟，是最好了。我现在住的房子很大，又没有学校功课的牵累，我是很自由的。夜深了，以后再谈。此信内的话，可择能得父母喜欢的禀告父母，更勿给外人读，以外人的嘴巴太多了。近来尚欲与二三友人，办一种杂志，已得几位先生极力帮助。一月后或能办就，此杂志如何，于福将来，亦有极大关系。明年，如能照现在情形下去，决计还是不做事，否则，假如生活不得已，只好寻地方教书了。教书实在是读书人的下策。教书给你教五十年，还有什么花样教出来？到死还是教书先生罢了！朋友杨君行李，在我岳家，兄能设法托人带出来否？杨君愿意拿出带费三、四元。此事亦望西哥代办。敬请胞安！

弟福上

十月廿五

中华书局之洋，已承认去。附告

注释：

①西哥：指赵平西，柔石的哥哥。

②复：柔石自称，柔石原名赵平复。

③周先生：指鲁迅，鲁迅原名周树人。

④福：柔石原名赵平福，后改名平复。

点评

这是1928年10月柔石写给哥哥赵平西的家信。

1928 年，柔石因受家乡农民暴动的牵连，遭到追捕，只身来到上海。经友人介绍，他认识了鲁迅，得到了鲁迅的关心和帮助，成为鲁迅从事革命文学活动的得力助手。柔石和鲁迅相居为邻，经常向鲁迅请教，并将作品请鲁迅批阅，鲁迅也详细地提出意见，指出优缺点，并推荐给各种杂志和出版社发表。因此，这段时间也是柔石文学创作的丰收季节。他不仅创作了《二月》《为奴隶的母亲》《旧时代之死》等名噪一时的作品，还翻译了大量的丹麦和俄国文学作品，又参加了鲁迅主持的《语丝》《朝花周刊》等杂志的编辑工作。因此，1928 年与鲁迅相识，是柔石文学创作的转折时期。这封他给哥哥的信，即写于这一年的 10 月，信中详细地介绍了他得到鲁迅的关心和帮助情况，反映出他在极端贫困的环境里，仍不懈地进行文学创作的顽强精神。

鲁　迅

　　小刺猬，我们之相处，实有深因，它们以它们自己的心，来相窥探猜测，那里会明白呢。

作者简介

　　鲁迅（1881—1936），字豫才，原名周樟寿，后改名周树人，浙江绍兴人。鲁迅青年时代曾受进化论、尼采超人哲学和托尔斯泰博爱思想的影响，1904 年初入仙台医科专门学医，后从事文艺创作，希望以此改变国民精神。一生写作计有 600 万字，其中著作约 500 万字，辑校和书信约 100 万字。他的作品包括杂文、短篇小说、诗歌、评论、散文、翻译作品，对"五四运动"以后的中国文学产生了深刻而广泛的影响。

书信内容

小莲蓬而小刺猬：

现在是三十日之夜一点钟，我快要睡了，下午已寄出一信，但我还想讲几句话，所以再写一点。

前几天，董秋芳给我一信，说他先前的事，要我查考鉴察。我那有这些工夫来查考他的事状呢，置之不答。下午从西山回，他却等在客厅中，并且知道他还先向母亲房里乱攻，空气甚为紧张。我立即出而大骂之，他竟毫不反抗，反说非常甘心。我看他未免太无刚骨，然而他自说其实是勇士，独对于我，却不反抗。我说我却愿意人对我来反抗。他却道正因如此，所以佩服而不反抗者也。我也为之好笑，乃笑而送出之。大约此后当不再来缠绕了罢。

晚上来了两个人，一个是为孙祥偈翻电报之台，一个是帮我校《唐宋传奇集》之魏，同吃晚饭，谈得很畅快，和上午之纵谈于西山，都是近来快事。他们对于北平学界现状，俱颇不满。我想，此地之先前和"正人君子"战斗之诸公，倘不自己小心，怕就也要变成"正人君子"了。各种劳劳，从我看来，很可不必。我自从到北平后，觉得非常自在，于他们一切言动，甚为漠然，即下午之面斥董公，事后也毫不气愤，因叹在寂寞之世界里，虽欲得一可以对垒之敌人，亦不易也。

小刺猬，我们之相处，实有深因，它们以它们自己的心，来相窥探猜测，那里会明白呢。我到这里一看，更确知我们之并不渺小。

这两星期以来，我一点也不颓唐，但此刻遥想小刺猬之采办布帛之类，预为小小白象经营，实是乖得可怜，这种性质，真是怎么好呢。我应该快到上海，去管住她。

（三十日夜一点半）

点评

这封信是鲁迅于 1929 年写给夫人许广平的。从这封信中可以看出鲁迅的反抗精神和两人之间的款款深情。

许广平是鲁迅的一名学生，有才华，具有革命精神。鲁迅与许广平婚后情投意合，互相扶持。每次分开都靠书信来表达对彼此的思念。在信中，鲁迅经常自称"小白象"或"小小白象"，而称许广平为小刺猬，从中可以看出两人间的深厚感情。

瞿秋白

我俩只是少健康，否则如今正是好时光，像海鸥样的自由，像海天般的空旷，正好准备着我俩的力量，携手上沙场。

作者简介

瞿秋白（1899—1935），江苏常州人，散文作家，文学评论家，曾两度担任中国共产党最高领导人，是中国共产党早期主要领导人之一。1920 年 10 月 16 日，瞿秋白以北京《晨报》记者名义赴苏俄考察。1922 年加入中国共产党。1927 年国民党背叛革命后，他主持召开八七会议，纠正了"左倾"错误。1934 年进入中央苏区。红军主力长征后留守苏区。1935 年 2 月在福建长汀县被国民党军逮捕，6 月 18 日慷慨就义，时年 36 岁。

书信内容

之华：

　　临走的时候，极想你能送我一站，你竟徘徊着。

　　海风是如此的飘漾，晴明的天日照着我俩的离怀。相思的滋味又上心头，六年以来，这是第几次呢？空阔的天穹和碧落的海光，令人深深地了解那"天涯"的意义。海鸥绕着桅樯，像是依恋不舍，其实双双栖宿的海鸥，有着自由的两翅，还羡慕人间的鞅掌①。我俩只是少健康，否则如今正是好时光，像海鸥样的自由，像海天般的空旷，正好准备着我俩的力量，携手上沙场。之华，我梦里也不能离你的印象。

　　独伊②想起我吗？你一定要将地名留下，我在回来之时，要去看她一趟。下年她要能换一个学校，一定是更好了。

　　你去那里③，尽心的准备着工作，见着娘家的人④，多么好的机会。我追着就来，一定是可以同着回来，不像现在这样寂寞。你的病怎样？我只是牵记着。

　　可惜，这次不能写信，你不能写信⑤。我要你弄一本小书，将你要写的话，写在书上，等我回来看！好不好？

秋白

七月十五

注释：

　　①鞅掌：原意为事情烦劳，无暇整容。引申为公事忙碌。鞅，音 yāng。

　　②独伊：即瞿独伊，瞿秋白的继女（杨之华与前夫沈剑龙的女儿）。此时独伊也在苏联。她是在1928年随母亲杨之华到苏联的。

　　③杨之华自莫斯科赴海参崴参加1928年8月召开的太平洋劳动大会。

　　④娘家的人：此处指参加太平洋劳动大会的工人代表。

⑤为安全起见，当时在海参崴召开的太平洋劳动大会规定，各国代表不许同外界通信。

点评

1929 年 7 月，瞿秋白自苏联莫斯科赴德国法兰克福，参加国际反帝同盟大会。这封信写于临行前。

瞿秋白不仅是一位革命家，而且是一位具有非凡才能的文学家，他的家信也写得富于文学色彩。特别是信中第二段，简直就是极为漂亮的热情洋溢的诗歌。"那飘漾的海风，那晴朗的天日，那空阔的苍穹，那碧落的海光，更有那依依不舍，双双栖息而又自由飞翔的海鸥"，既是现实景物的写照，更是瞿秋白对杨之华挚爱之情的寄托。这种写景抒情、寓情于景的艺术手法，再加之文学色彩极浓的诗一般的语言，使这封家书满篇绮思、满篇丽情。

何叔衡

幸福绝不是天地鬼神赐给的，病痛绝不是时运限定的，都是人自己造成的。

作者简介

何叔衡（1876—1935），谱名启璇，学名瞻岵，湖南宁乡人，清末秀才。1918 年参加新民学会，1920 年加入长沙共产主义小组，1921 年 7 月出席中国共产党第一次全国代表大会。1927 年赴苏联学习，1930 年回国。1931 年到中央革命根据地。红军主力长征后，留在根据地坚持斗争。1935 年 2 月，途经福建上杭县时，遭到敌人追捕，英勇牺牲。

书信内容

新九：

　　许久未发家信了，我亦未接得有家信，只有嗣女转来数语，云你尚能负担侍养你老母的责任，这是非常欣幸的。前阅报章，云湖南夏秋又遭旱灾，并且非常普遍，到底情形怎样？颇难释念？我在外身体甚好，所学所行，均能如愿，毋烦挂念。你老母近状如何？全家大小怎样？各至戚家情形怎样？地方情形怎样？日用所需价格怎样？家中耕种畜牧情形怎样？务请你详细列表写告！我甚不愿意你十分闭塞，对于亲戚邻近人家也要时常走谈一下，讨论谋生处世的事，一切劳力费财的事，总要仔细想想。要于现时人生有益的才做。幸福绝不是天地鬼神赐给的，病痛绝不是时运限定的，都是人自己造成的。此理苟不明白，碌碌忙忙，一生没有出头之日。我平生对于过去的失败，绝不懊悔，未来的侥幸，绝不强求，只我现在应做的事，不敢稍微放松，所以免去许多烦恼。你能学得否？我知你大伯，三伯等，现在的齿发，怕不像从前了吗？你兄弟诸侄的能力，应比从前能独立了些吗？你如写信给我，应该要从有关系有意义的地方着笔，不要写些应酬话呢：我在外即写字也弄了几十元，但无法汇寄，老母及老伯用。又知此信到日，或在你老母生日左右，苟葆倩来，可以商量答复也。祝大小全吉！

旧历六月二十八

衡笔

点评

　　这封信写于 1929 年旧历（农历）6 月 28 日，是何叔衡写给养子新九的。信纸为一张普通的白色书报纸，以蓝色墨水横行书写，行草字体。从信中可以看出何叔衡对于家人深厚、真挚的感情。

　　1928 年初夏时节，何叔衡接到了党中央要他去莫斯科出席中共

"六大"的通知。何叔衡于6月底到达莫斯科。中共的"六大"早在6月18日就开幕了，他到达莫斯科后立即参加会议，直到7月大会闭幕。闭幕后，何叔衡没有立即回国，经中共中央介绍，留在莫斯科中山大学特别班学习了两年，直到1930年才回国。何叔衡在莫斯科给养子新九写了三封信，这是其中一封。这封信的重点是告诉新九幸福是要靠自己去追求的。

竺清旦

你们苦的地方很多。但你们要想，我们是穷人家，穷人要有穷打算，不好学有钱人的样子，因为我们家里没有钱呀！

作者简介

竺清旦（1899—1935），字起元，浙江省奉化县董村人。1917年起先后在奉化、镇海、鄞县的一些小学当教员或校长。1925年加入中国共产党。曾任中共宁波地委委员兼农民运动委员会书记。参加了毛泽东主持的第六届农民运动讲习所和全国第四次劳动代表大会。1935年12月被国民党新疆督办盛世才杀害。

书信内容

我亲爱的女儿赛蓉、赛薇：

我知道你们很可怜！没有钱买皮鞋，没有钱买雨伞，没有钱买糖果。蓉儿、薇儿，买糖果的钱我已给你们寄来三元美国洋钱，兑中国洋钱至少有五元多，或者有六元，这是特为你两个人买糖果的。这钱上海银行里会寄"汇票"来，托人去拿好了，不知现在有寄到没有？如没有寄到，等几天一定就会到的。

蓉儿、薇儿我只能够寄一些买糖果的钱，皮鞋、雨伞我没有钱可以寄给你们。因为我现在也是在读书，没有去赚钱。所以你们要努力读书！书读会了自己去赚钱，只有自己会赚钱才有钱用。你们苦的地方很多。但你们要想，我们是穷人家，穷人要有穷打算，不好学有钱人的样子，因为我们家里没有钱呀！

你们要想到你们的可怜的妹妹赛琴！赛琴是因为家里没有钱，做养生了，她连母亲都看不见了，你们虽然看不见父亲，可是还有母亲来保护你们哩！

日记做了么，下个月寄到德国来给我看，我现在到德国去，愿你们努力用功！

你们的父亲写的

十月七日

点评

这封信的作者是大革命时期浙江农民运动的杰出领导人竺清旦。

1927年，蒋介石发动"四一二"反革命政变前三天，指使他的亲信在宁波血腥镇压了工人运动，大肆缉捕共产党人和革命志士。正在余姚指挥农民武装同反动集团作战的竺清旦不得不暂时隐蔽疏散革命武装，离开故土。1927年，他被派往莫斯科学习，直至1935年在新疆牺牲，期间整整八年，八年间他没有见到妻子女儿，全靠一封封家书寄托相思。

竺清旦离乡远行时，他的大女儿赛蓉11岁，二女儿赛薇才8岁，因迫于生计，三女儿已送给一农家作童养媳。最小的孩子是他在出了国门后才出生的。这封信写于1929年10月，字里行间充满了对女儿的舐犊深情。

邹子侃

大丈夫头可断，志不可屈也。

作者简介

邹子侃（1912—1932），浙江省临安县人。1926 年，邹子侃加入中国共产党。在浙江公立农业专门学校求学时任校党支部书记。1927 年，"四一二"反革命政变后，学校党组织被迫转入地下，邹子侃到杭州笕桥举办平民学校，从事农民运动。1927 年 11 月被捕入狱，积极参加狱中斗争。1930 年春任狱中特支组织委员。同年冬，接任特支书记。1932 年春组织越狱暴动，亲任总指挥。1932 年 2 月 2 日，在狱中壮烈牺牲，时年 20 岁。

书信内容

父亲大人膝下：

敬禀者，昨日大人来此相探，嘱男在彼狗官面前书立悔过书，以求释放出狱。舐犊情深，思之默然。男午夜扪心自问，天良未泯，爱国无罪，今身在缧绁之中，固不知有何"过"之可"悔"！？"悔过"也者，敌人颠倒是非，混淆黑白，妄想沦全国人民于奴隶之境之大骗局耳，幸勿堕反动派之术为祷。男在狱中虽苦，尚幸灵魂洁白无瑕，故宁死而不求虚伪、卑污、罪恶的自由。大丈夫头可断，志不可屈也。男非敢故违严命，亦非不念慈母之恩与夫弟妹之亲。然为国家、为革命，也顾不得这许多了。望大人好好督促弟妹用功读书，将来长大以后，一定要走上我所走过的道路。

肃此，

敬请金安

男子侃叩上

点评

这封信是 1929 年邹子侃在狱中写给父亲的。邹子侃被捕后，他父亲来杭州要出钱保释他，他写了这封信表示了自己宁死不屈的决心。

1927 年 11 月，邹子侃被逮捕，被囚于浙江陆军监狱。1929 年春，他患严重的猩红热，保外就医。家人、亲友劝他逃跑或到浙西、浙南寻找党组织，他都拒绝了。保外就医期满，邹子侃毅然回狱与难友一起战斗。其父要花钱保释他出狱，国民党当局要他在自首书上签名按手印，作为出狱条件，被他严词拒绝。在写给其父的信中说："大丈夫头可断，志不可屈也。亦非不念慈母之恩与夫弟妹之亲。然为国家、为革命，也顾不了这许多了……"

1930 年 3 月，邹子侃任中共狱中特别支部组织委员，年底任特支书记。党组织决定内外结合破狱营救被捕的难友，邹子侃任破狱总指挥，组成了由 70 多名难友参加的破狱行动小组，制订了具体行动计划，准备了工具，进行了分工。不幸被叛徒告密，被传讯，并在全狱中心岗楼遭受鞭打，他忍住疼痛，机智地高喊"典狱长说我们要越狱这是血口喷人"，狱中支委和同志们听后立即消除破狱痕迹，转移工具，使敌人查无证据。而他却被敌人打得奄奄一息。1932 年 2 月，邹子侃在狱中壮烈牺牲，时年 20 岁。

殷　夫

　　我自己已被我所隶属的集团决定了我的前途，这前途不是我个人的，而是我们全个阶级的，而且这前途也正和你们的前途正相反对，我们不会没落，不会沉沦到坟墓中去，我们有历史保障着：要握有全世界！

作者简介

　　殷夫（1909—1931），原名徐柏庭，又名徐祖华，笔名白莽，浙江象山人。1926年加入中国共产党，并到上海浦东中学读书，开始作诗。1928年加入太阳社。1929年离开学校，从事青年工人工作。1930年参加左翼作家联盟，并任团中央刊物《列宁青年》的编辑。1931年被捕，被国民党政府秘密杀害于上海龙华警备司令部，是"左联五烈士"之一。

书信内容（节选）

亲爱的哥哥：

你给我最后的一封信，我接到了，我平静地含着微笑地把它读了之后，我没有再用些多余的时间来想一想它的内容，我立刻把它揉了塞在袋里，关于这些态度，或许是出于你意料之外的吧？我从你这封信的口气中，我看见你写的时候是暴怒着，或许你在上火线时那么的紧张着，也说不定，每一个都表现出和拳头一般地有一种威吓的意味，从头至尾都暗示出：

"这是一封哀的美顿书！"

最后，我要说正面的话了：

哥哥，这是我们告别的时候了，我和你相互间的系带已完全割断了，你是你，我是我，我们之间的任何妥协，任何调和，是万万不可能的了，你是忠实的，慈爱的，诚恳的，不差，但你却永远是属于你的阶级的，我在你看来，或许是狡诈的，奸险的，也不差，但并不是为了什么，只因为我和你是两个阶级的成员了。我们的阶级和你们的阶级已没有协调、混合的可能，我和你也只有在兄弟地位上愈离愈远，在敌人地位上愈接愈近的了。

你说你关心我的前途，我谢谢你的好意，但这用不着你的关心，我自己已被我所隶属的集团决定了我的前途，这前途不是我个人的，而是我们全个阶级的，而且这前途也正和你们的前途正相反对，我们不会没落，不会沉沦到坟墓中去，我们有历史保障着：要握有全世界！

完了，我请你想到我时，常常不要当我还是以前那末羞怯，驯服的孩子，而应该记住，我现在是列在全世界空前未有的大队伍中，以我的瘦臂搂挽着钢铁般的筋肉呢！我应该在你面前觉得骄傲的，也就是这个：我的兄弟已不是什么总司令，参谋长，而是多到无穷数的世界的创造者！

别了，再见在火线中吧，我的"哥哥"！你最后的弟弟在向你告别了，听！

1930，3，11，晨

点评

这是 1930 年殷夫写给他的大哥徐培根的信。殷夫的大哥徐培根是国民党军队中的高级军官，他总是希望以自己的模式来塑造殷夫。殷夫似乎更容易在那个时代获得安逸、功业和名号，但是他终究辜负了大哥的一片心意。中学时代他就开始创作新诗抨击封建礼教，高三那年秘密加入了共青团，几个月后又转为中共党员。殷夫倔强地抛开个人情感，毅然同大哥决裂。这封信是殷夫与自己所属的有产阶级告别的宣言。

殷夫曾两次被捕，都是大哥徐培根保释的。1931 年 1 月，殷夫又一次被捕，2 月 7 日，被国民党政府秘密杀害于上海龙华警备司令部，是"左联五烈士"之一。

张　炽

> 我们的幸福确实是被旧社会牺牲了。我们的成功之日，
> 就是我们的幸福到来之日了。

作者简介

张炽（1898—1933），字子昌，曾用名昌明，化名章阿昌、张其昌，云南省路南县人。1924 年加入中国共产党。1927 年春到昆明组建云南省临委，负责宣传工作，并主编《日光》周刊。其间以中学教员的身份从事革命工作。蒋介石发动"四一二"反革命政变后，遭到通缉，被组织调到南昌，任国民革命军第三军政治部科长。后参加南昌起义。1930 年 7 月，在上海鲁班路发动工人罢工时被敌

人逮捕。1933年4月1日，在雨花台英勇就义，时年35岁。

书信内容

冰妹妹：

你二月二十九 [日] 写给我的信，我早已收到了。这是我与你别后第一次接着你的信。漂泊无定，客中孤寂的我，看后是多么的欣慰啊！尤其是你勉励我的许多话，令我十二分的感动。我决定把他 [它] 刻在我的心上，永不敢忘！

冰妹妹，我决不灰心、消极。我相信，十分相信，我的前途仍旧是很光明的，失败与小挫是我的事业成就的母亲。只要我们肯努力奋斗，我相信，十分相信最终有一日会偿了我们的素 [夙] 愿的。不过为了我的四方奔走，使你五年来感受着许多的痛苦、烦闷……完全不 [没] 有得着人生的乐趣。即使再小一点的，也说不上。因此，我想到了这些，念到了你，就心痛得很。冰妹妹，你的幸福是旧社会把你牺牲了，但我也是要负一点责的吧？妹妹。我们的幸福确实是被旧社会牺牲了。我们的成功之日，就是我们的幸福到来之日了。我们忍着痛一些时罢！莲英姊妹已长大听话，你的瘀久已不发……这些都是使我十分的欣慰的，我日来同三个朋友住在一处，不像以前的寂寞了。我们每日除看书看报等外，也常到各处玩玩，并且做些家乡口味吃吃。说到我的身体，更是比以前好得多了，我到永安公司去称这比我初来上海时重了十多斤了，看我脸也是比前还要年青 [轻] 一点，你不信，等我回来你看就相信了。我在两三日内，如有伴即将整装回来了。其他下次再叙。

祝你们和家中老幼都

安好！

你的昌于上海

四月二十九日

点评

这封信是张炽 1930 年在上海从事革命工作时写给妻子胡素冰的。在信中，张炽表达了对妻子的思念和对革命必定会取得胜利的信心。

张炽在加入中国共产党后，积极从事革命斗争。1927 年，他参加了震惊中外的南昌起义。10 月，起义部队在广东潮汕地区遭敌围攻失败，他和一些同志潜入香港。在与组织重新取得联系后，于 10 月下旬被派往上海，分配到党中央秘书处工作。1929 年 5 月他参加中央第二期训练班学习，7 月学习结业后担任党中央巡视员，为革命事业奔波于南京、北平、沈阳、营口、南昌、武汉等地。在革命遭到挫折的时候，他对革命前途充满了胜利的信心，革命意志依然坚决。

在给妻子的信中，他充满激情地写道："我决不灰心、消极。我相信，十分相信，我的前途仍旧是很光明的，失败与小挫是我事业成就的母亲。只要我们肯努力奋斗，我相信，十分相信最终有一日会偿了我们的夙愿的。"

刘愿庵

> 我唯一到现在还稍可自慰的，即是我曾经再三的问过你，你曾经很勇敢的答应我，即使我死了，你还是——并且加倍的为我们的工作努力。

作者介绍

刘愿庵（1895—1930），原名孝友，字坚予，陕西咸阳人。辛亥革命爆发后，弃学奔赴南京，拥护孙中山。参加学生军，声讨袁世凯。1925 年上海"五卅惨案"发生后，刘愿庵被推举为叙州五卅惨案后援会负责人之一，领导群众开展反帝爱国斗争，不久加入中国共产党。1928年4月任中共四川临时省委代书记。同年6月，赴莫斯科出席党的六大，当选为中共第六届中央候补委员。1929年6月，领导了遂（宁）蓬（溪）起义，成立了中国共产党四川工农红军第一路总指挥部。1930年5月5日，由于叛徒出卖被捕。5月7日英勇就义，时年35岁。

书信内容（节选）

我最亲爱的：

久为敌人所欲得而甘心的我，现在被他们捕获，当然他们不会让我再延长我为革命致力的生命，我亦不愿如此拘囚下去，我现在是准备踏着我们先烈的血迹去就义。我已经尽了我一切的努力贡献给了我们的党，我个人的责任算是尽了。所不释然于心的是此次我的轻意，我的没有注意一切技术，使我们的党受了很大的损失。这不仅是一种错误，简直是一种对革命的罪恶［过］，我虽然死［了］，但对党还是应该受处罚的。不过我的身体太坏，在这样烦剧而受迫害的环境中，我的身体和精神，表现非常疲惫，所以许多地方是忽略了。但我不敢求一切同志原谅，只是你——我的最亲爱的人，你曾经看见我一切勉强挣扎的困苦情形，只有希望你给我以原谅，原谅我不能如你的期望，很努力的、很致密的保护我们的阶级先锋队，我只有请求你的原谅。

对于你，我尤其是觉得太对不住你了。你给了我的热爱，给了我的勇气，随时鞭策我前进、努力，然而毕竟是没有能如你的期望，并给予你以最大的痛苦。我是太残酷地对你了。我唯一到现在还稍可自慰的，即是我曾经再三的问过你，你曾经很勇敢的答应我，即使我死了，你还是——并且加倍的为我们的工作努力。惟望你能够践言，把儿女之态的死别的痛苦丢开，把全部的精神，全部爱我的精神，灌注在我们的事业上，不要一刻的懈怠、消极。你必须要像《士敏土》中的黛荷一样，"有铁一样的心"。

我被捕是在革命导师马克思的诞生［日］晨九点钟。我曾经用我的力量想销毁文件，与警察殴斗，可恨我是太书生了，没有力量如我的期望，反被他们殴伤了眼睛，并按在地下毒打了一顿，以致未能将主要的文件销毁，不免稍有牵连，这是我这两日心中最难过的地方。只希望同志们领取这一经验，努力军事化，武装每个人的身体。

我今日审了一堂，我勇敢的说话，算是没有丧失一个布尔什维克主义者的精神，可以告慰一切。在狱中许多工人对我们很表同情，毕竟无产阶级的意识是不能抹杀的，这是中国一线曙光，我们的牺牲，总算不是枉然的，因此我心中仍然是很快乐的。

再，我的尸体，千万照我平常向你说的，送给医院解剖，使我最后还能对社会人类有一点贡献，如亲友们一定要装殓费钱，你必须如我的志愿与嘱托，坚决主张，千万千万，你必须这样，才算了解我。

我在拘囚中与临死时，没有你的一点纪念物，这是我心中很难过的一件事。但是你的心是紧紧系在我的心中的，我最后一刹那的呼吸，是念着你的名字，因为你是在这个宇宙中最爱我、最了解我的一个。

别了，亲爱的，我的情人，不要伤痛，努力工作，我在地下有灵，时刻是望着中国革命成功，而你是这中间一个努力工作的战斗员！

你的爱人死时遗言
五月六日午后八时

点评

这是1930年5月6日刘愿庵在临刑前写给妻子周敦婉的遗书，第二天刘愿庵英勇就义。刘愿庵被捕后，四川军阀刘湘亲自游说并动用了刘愿庵的早年朋友和亲戚，劝他脱离共产党，并许以高官厚禄，但都遭到拒绝。

5月6日，二十一军军事法庭开庭。在法庭上，刘愿庵慷慨陈词：
"我信仰马列主义……至于生死之事，我早已置之度外，决没有什
么退出共产党可言！"

在经过了法庭斗争后，刘愿庵知道，敌人将会置自己于死地。
于是他秘密给妻子写下了这封遗书。1930年5月7日，刘愿庵和他
的战友邹进贤、程攸生一起，高呼"中国共产党万岁"，走向刑场。

徐 玮

我现在心平如镜，并不痛苦，人生莫不有死，枪毙死
得最痛快，况我死得有意义，请勿念。

作者简介

徐玮（1903—1928），原名宝兴，化名胡公达，江苏海门县
人。1923年在上海加入社会主义青年团。1924年加入中国共产党。
1927年任共青团上海区委书记，上海工人第三次武装起义时，被选
为上海特别市临时政府委员。同年9月，调任中共浙江省委常委兼
共青团浙江省委书记。1927年11月6日被捕。1928年5月3日就
义于浙江陆军监狱，时年25岁。

书信内容

我的家庭：

在我的血流尚未停止时，得有机会遗书于你们，这是一件差强
人意的事。我要告诉你们的有下列几件事：

（一）你们应当看我是社会进化的原动力，是无产阶级革命的
战斗员，而不是一个家庭的子弟，更绝对不是孝顺的子弟。我一生
尽力革命，未尝稍懈，对于你们既没有丝毫补助，又缺少经常关系，

所以我死后你们不应视我为家庭的一分子而为我悲伤，你们应继续我志而奋斗。

（二）我求学做事颇得友朋资助，债是我个人所借，当不能由你们代偿，我的友朋也不会索偿，请放心。

（三）我并未有异性的结合，请免挂念。未婚妻俞女①与我概无关系，当听其自由。

（四）我以天下为家，我的遗骸随处可放，由它腐败，不必运回，也不要化钱在杭营墓，这都是无意义的。

（五）一切诵经拜忏道场祭奠等无聊举动，为我所坚决反对者，当不宜有，即追悼会发讣文等等亦属无谓，不应举行。

（六）我友周赞明与我相知较深，大哥石弟②应与之来往，可以解决许多困难问题。

（七）我现在心平如镜，并不痛苦，人生莫不有死，枪毙死得最痛快，况我死得有意义，请勿念。

祝

康健！

九如③

一九二八年二月九日

注释：

①未婚妻俞女：指俞玉琴。徐玮幼时由父母包办的婚配，他曾向女方提出过解除婚约，女方未接受。俞当时已年过25，尚守闺中。徐玮在遗书中郑重声明与她"概无关系"，是为她着想，怕她受牵连。

②大哥石弟：徐玮兄弟三人，大哥徐宝康，弟徐宝石。

③九如：徐玮幼时乳名。

点评

这封遗书是杭州学生联合会负责人陈敬森于1930年8月在杭州

陆军监狱就义后，其弟陈敬德从其衣袋里发现的，一直珍藏到1954年，献给了组织，过去曾一度疑为陈敬森遗书存于档案馆。1982年，浙江省党史资料征集工作者经多方考证，确定为徐玮留下的遗书。

1927年4月，蒋介石在上海发动反革命政变，大肆屠杀革命党人。8月，徐玮被任命为共青团浙江省委书记，到杭州开展革命活动。徐玮以失业教师谢公弢的身份，结合毕业即失业、婚姻不自由、妇女不能独立等切身问题来启发青年的觉悟；他在党、团活动分子会议上，多次作形势和任务的报告，揭露国民党的罪恶，扩大党、团影响。由于徐玮等的努力，杭州的革命斗争活跃起来，工人们纷纷起来罢工，要求改善生活，学生们相继罢课，上街游行示威，反对腐朽的国民党党化教育。

1927年11月初，省委军委地下机关突然被搜查，徐玮和团省委秘书长曹仲兰等同时被捕。他们先被关在杭州市柴木巷看守所，不久转押到浙江陆军监狱。1928年5月3日，徐玮被反动派残忍杀害。

朱锡绍

现在我在军队里头工作，身体很好，并且一切的事情我亦能留心，觉得非常快乐，但你老人家要常常保养身体为重。

作者简介

朱锡绍（1901—1931），出生于龙回乡社下村，父亲早逝，母亲随后改嫁，由祖母抚养长大。1929年春，中国工农红军第五军来到龙回圩，在中共龙回党组织的密切配合下发动群众开展革命。同年3月20日，朱锡绍的同族、南康县赤卫队队长朱伯璜率县赤卫队、龙回暴动队配合红四军第二纵队攻克了南康城。1930年4月，朱锡绍毅然加入了工农红军，后在反围剿战斗中牺牲。

书信内容

祖母大人呀①：

我自从拜别你老人家后，不觉得就半年了，但是现在家里状况怎么样，我亦不晓得。因为不能通信的关系，不能随时写信来问候你，请你老人家要恕我的罪。现在我在军队里头工作，身体很好，并且一切的事情我亦能留心，觉得非常快乐，但你老人家要常常保养身体为重。我的妻呀，你在家里要时□□②平，侍奉祖母与同我在家一样，不要随你性情行为。如可你不能在家安心工作，随你自由结婚罢了。兄弟嫂娣侄子亦要听祖母的教训，不要对口，使她老人家不悦，我想你们亦安康呀。目前我在廿二军一九二团一连当军需长，现在我身边金钱困难，所以没钱寄回来养你老人家。我而今告诉与你，恐怕今年我不能归家过年了，我要参加打南昌九江胜利，请你不要怀念与我。你接到我的信后，务要马上把家里的状况详细的给我一封信，我就不会时常呈念吓。回信送廿二军一九二团一连携交吉安一带。

不肖孙朱锡绍③

于吉安富田圩

1930 年 11 月 27 日

注释：

①信中"呀""吓"为赣南地方客家用语。

②家书原文中模糊不清或缺损的字，留空。

③落款的"不肖孙，朱锡绍"，"绍"字涂改过，经了解，烈士在家用名"朱锡绍"，参加红军用名"朱锡照"，写信时一时笔误，又改正过来。

点评

这封信是朱锡绍于 1930 年从吉安富田圩发出的家信，封背贴赣西南赤色邮政八分邮票一枚，盖有所经路站、分局等 13 枚邮戳，被全程送达收信人手中而保存下来。这是目前所见唯一一封从赣中寄往赣南并安全送达收信人的赣西南赤色邮政邮路实寄封。

1930 年底，朱锡绍的家人接到了这封由龙回乡苏维埃政府转交的家书，反复展阅后，其祖母用粗布把它细细包裹，塞在自家土屋墙缝里。1931 年初，朱锡绍在参加第二次反"围剿"战争中光荣牺牲，这封家书成为了烈士生前留给家人最后的牵挂。20 世纪 90 年代，朱家后人拆祖屋重建，这封珍贵的家书得以重现。其时，包裹的粗布已腐朽成了碎片。

冷少农

> 我之爱你，是望你将来为一极平凡而有能力为一般劳苦民众解决不能解决之各项问题、铲除社会上一切不平等之人物。

作者简介

冷少农（1900—1932），原名冷肇隆，贵州省瓮安人，中共地下党员。1923 年，从法政专科学校毕业，先后任《民意日报》编辑、贵州筹饷局紫云、开阳印花税督催员等职。何应钦是冷少农在黄埔军校时的总教官，二人为师生，同是贵州老乡，凭借这两层关系，冷少农顺利地打入到何应钦身边，任总监部和南京宪兵司令部秘书。1932 年 5 月，被国民党杀害于南京雨花台。

书信内容

苍儿：

收到你的信，使我无限的欢欣，使我无限的惭愧，你居然长这样大了，你居然能读书写字，并且能写信给我了。我频年奔走，毫无建白［建树］，却得了你这一个后继希望，这使我是多么的欢欣啊！然而你的长大和你的教养，我都未负一些责任，同时却有累了你的祖母、伯父、母亲。虽然是社会和时代所造成，我的内心实不免万分惭愧，在惭愧中还要你为我向你的祖母、伯父、母亲们深深致谢。

时代的车轮不息的旋转，你生在中产的家庭，得饱食暖衣的读书写字，这种机会是非常难得的，希望你好好的努力，以期无负于家庭，无负于社会。同时你要时常留心到远的或近的人们，有许多是不有法［没有法］得以读书写字，有些更是没有法解决衣食。你就要想到你读书写字的目的，是要为这一批人求一个适当的解决。这一层我更望你朝斯夕斯的不要轻轻放过。

一个人除解决自身的问题而外，还须顾及到社会人类，而且个人问题须在解决社会人类整个的问题中去求解决。所以家庭［即社会］之养成……①你除好好地努力读书写字，养成能力而外，还须健全你的身体，每天除读书写字而外，还须作有规则、有益健康之运动与游戏，使知识与体力同时并进，预备着肩负将来之艰巨。

你的祖母、伯父、母亲十分钟爱你。我虽然离开得远，不能向你作且实［切实］的表示，但是也不能说我不爱你。不过他们之爱你，是望你将来成为一个特出的人物，一切以自己以家庭利益为重的特出于一般的人物；我之爱你，是望你将来为一极平凡而有能力为一般劳苦民众解决不能解决之各项问题、铲除社会上一切不平等之人物。苍儿，社会之新光在照耀着你，希望你猛进。

至于你对我所说的一切，我当然能领会的，我既以这样的远大期望许你，我为完成我的期待，我为一般被压榨的劳苦无告的人们而期许你。对于你的要求，我将尽力的站在正确的立场而允许你，设法为你实现。苍儿再会。

在新年的晨光中为你祝福!

你的权哥同此。

农

元月八日

点评

这封信写于 1931 年 1 月 8 日。

第一次大革命失败，共产党转入地下斗争。1928 年，根据共产党的指示，冷少农隐蔽共产党员身份前往南京，几经周折，他利用与何应钦的同乡关系，先后打入其把持的国民政府训练总监部、军政部任秘书等职，并以此身份作掩护，为共产党做情报工作。这封写给儿子的信就写于冷少农做情报工作期间。在信中，表达了对儿子的愧疚，提出了对儿子的期望，体现出一个父亲的谆谆教诲。

冯玉祥

要不怕死，要不怕危险，要存心为大多数的人谋最大的利益。

作者简介

冯玉祥（1882—1948），原名基善，字焕章，安徽巢县人。早年从军，在北洋军阀统治期间，历任旅长、师长、督军、陆军检阅使等职。1924 年第二次直奉战争时期，任直军第三军总司令，发动了北京政变，将所率部改组为国民军，任总司令兼第一军军长。同年 11 月 5 日废除溥仪皇帝称号，将其逼出故宫。1927 年夏，曾参与蒋介石、汪精卫的反共活动。1928 年举兵反蒋，先后爆发蒋冯战争和中原大战。"九一八"事变后，冯玉祥积极主张抗日。抗战胜利后，冯玉祥反对蒋介石内战、独裁和卖国政策，与李济深等发起组织中国国民党革命委员会。1948 年，他响应中国共产党的号召，归国参加新政治协商会的筹备工作。9 月 1 日，他乘船途经黑海，因轮船失火遇难，时年 66 岁。

书信内容

弗伐洪志①爱儿：

许久未给你们写信，也许久未接到你们的信，不知道你们的身体及读书的情形如何，真是有些不放心啊！

我同你母亲在山西住，一家人口均好，你们可以放心，不必惦念。

日前你大哥同你大嫂均来山西看我们，住了几天，他们二人又回日本读书去了。

你大姐同你大姐夫，他们均在天津住，亦很好。

盼望你们要安心读书，要作有志气的人，要作有硬骨头的人，不可存利己心，要刻刻存一利他的心，不可占便宜，要救人之难。要不怕死，要不怕危险，要存心为大多数的人谋最大的利益。一切衣食住均须平民化，要同农民工人家的学生一样，不要有一点少爷小姐的思想与行为，不要有一点富家子女的样子。此话盼你们切实记着，并去实行，不可忘了！不可忘了！并问你们的先生们均好。

父母手此二十②、九、六

山西汾阳

注释

①弗伐洪志：弗伐，指冯弗伐，冯玉祥的女儿；洪志，指冯洪志，冯玉祥的儿子。

②二十：指民国二十年，即 1931 年。

这封信即写于 1931 年冯玉祥在中原大战中失败并通电下野之后，当时他与夫人李德全隐居在山西汾阳。

中原大战是指 1930 年 4 月至 11 月，蒋介石同阎锡山、冯玉祥、李宗仁等，在河南、山东、湖南等省进行的大规模新军阀混战。中原大战历时七月，双方投入兵力逾百万，战线绵延数千里，是中国近现代历史上一次规模最大的军阀战争。在这场战争中，蒋介石取得了战争的胜利，暂时统一了国民党各军事集团。

在这封信中，冯玉祥谆谆告诫儿女们要安心读书，做一个不怕牺牲和危险的有志气之人。希望他们不要有特殊的思想，和工农打成一片，勤勤恳恳地为大众谋福利。作为一个民主爱国人士能如此严格要求子女，非常难能可贵。全信语言质朴平易，丝毫没有将军金戈铁马上战场的铮铮气概，有的只是一片对儿女无限关怀的挚挚深情。

李硕勋

> 在前方，在后方，日死若干人，余亦其中之一耳。

作者简介

李硕勋（1903—1931），又名李陶，四川庆符县人，生于 1903 年 2 月 23 日，是中共早期参与领导军事斗争的先驱之一。1928 年 5 月赴杭州，曾任浙江省委常委、省委代理书记。1931 年 6 月，任中共广东省军委书记，受党的委派，前往海南指导武装斗争。抵达海口后，因叛徒出卖而不幸被捕，9 月 16 日英勇就义，时年 28 岁。

书信内容

陶①：

余在琼已直认不讳，日内恐即将判决，余亦即将与你们长别，在前方，在后方，日死若干人，余亦其中之一耳。死后勿为我过悲，唯望善育吾儿②，你宜设法送之返家中，你亦努力谋自立为要。死后尸总会收的，绝不许来，千嘱万嘱。

勋

九·十四

注释：

①陶：李硕勋的妻子赵君陶。

②吾儿：即指中华人民共和国国务院原总理李鹏。

点评

这封遗书是李硕勋 1931 年 9 月 14 日（就义前两日）写的。

1931 年 5 月，中央调李硕勋去中央革命根据地任红七军政委。李硕勋取道香港，转赴红七军。当时，中共广东省委设在香港，迫切需要大批干部。为此，省委特别请求中央把李硕勋留在广东省委。于是中央任命他为广东省军委书记。

同年 7 月，李硕勋在去琼州（今海南岛）检查指导工作途中，因叛徒出卖，不幸被捕。在狱中，敌人对他用尽酷刑，妄图从他口中套出共产党的机密。敌人打断了他的腿骨，打烂了他的皮肉，但他忠贞不屈，除了"我是共产党员"的回答外，没有让敌人得

到一丝一毫的东西。他在狱中给妻子赵君陶写信，表达了视死如归的英雄气概和对妻儿的至深情感、无限期望。

1931 年 9 月 16 日，李硕勋被国民党反动军警押出监狱。由于他的腿骨被打断，不能行走，敌人用竹箩把他抬到刑场。这位铁骨铮铮的共产党员就这样从容就义，年仅 28 岁。

程仿尧

家庭吃饭都有困难，叫各自好生做工来维持。

作者简介

程仿尧（1899—1949），四川巴县人，猪鬃业工人。大革命前，在吴玉章领导下，担任重庆工会理事。1927 年，带领本行业工人积极参加"三三一"反帝反军阀的斗争。1931 年曾一度被捕入狱。解放战争时期，继续从事工人运动。1948 年 5 月，被国民党反动派逮捕。1949 年 11 月 27 日就义于渣滓洞监狱，时年 50 岁。

书信内容

隆蕙妻子：

我关在监狱里有八个月未通消息。不知家里人身体好否？时为挂念。

我关在监牢里，一天饭都吃不上。受监狱长的打和骂，并且每天叫我去倒便桶。稍有点不当，就拿监棒跟［给］我几棒，打得我头破血流。病倒了好几天，连一点饭都没有吃上。我这口气好久才出得到。

你们不要上肖少喜的当。他人很坏，在注意我家庭人的言行一［举］动，如不小心就会落网。希家里人千万注意。

家庭吃饭都有困难，叫各自好生做工来维持。我的话完了。祝全家身体好。

仿尧抄

民国廿年十一月

点评

这封信是 1931 年程仿尧在狱中写给妻子徐隆蕙的。现收藏在重庆歌乐山烈士陵园。在这封信中，程仿尧向家人叙述了自己在狱中的生活，每天要倒便桶，还被监狱长打骂，十分挂念家人，并嘱咐家人要注意安全。

程仿尧 1926 年加入中国共产党，领导工人运动。后来因领导工人罢工，曾两次被捕入狱。1927 年 3 月 31 日，四川军阀刘湘与蒋介石勾结，在重庆制造了一次反革命大屠杀，史称"三三一惨案"。此后，程仿尧因身份暴露，转移至武汉。5 月，第四次全国劳动代表大会在武汉召开，程仿尧被选为四川工人总代表，参加大会。大会开幕的前几天，蜕变为特务的工会理事张泽生从重庆来到武汉劝说程仿尧为国民党右派效力。程仿尧将此情况向中共党组织做了汇报，党组织决定让程仿尧趁机回重庆，接管"渝生堂"（即中共重庆地下党组织）的领导。由于"渝生堂"联系人喻克由的牺牲，从此使他与党组织失去了联系。

抗日战争时期，程仿尧在与党组织失去联系的情况下，仍自觉为党工作。解放战争时期，他为维护和争取工人的权益进行了不懈的奋斗。

1948 年 5 月，程仿尧被国民党西南军政长官公署二处以经常与吴玉章等联系，密谋组织"暗杀团"等莫须有的罪名而逮捕，关进石灰市监狱。不久，被转到渣滓洞监狱。在狱中，他对革命的胜利充满信心，并以顽强的毅力坚持学习英语。1949 年 11 月 27 日，在大屠杀中英勇牺牲。

王若飞

> 弟只有忧时之心。一息尚存，终当努力奋斗。

作者简介

王若飞（1896—1946），贵州安顺人。1915 年在舅父黄齐声的带领下，参加"反袁运动"，从此走上革命道路。1923 年加入中国共产党。1928 年 6 月赴苏联莫斯科出席中共六大，后任中共驻共产国际代表团成员。1931 年回国，在内蒙古包头因叛徒出卖被捕。在度过长达 5 年零 7 个月的监狱生活后，被共产党营救出狱。1946 年 1 月代表中共方面出席在重庆召开的政治协商会议，同年 4 月 8 日在由重庆返回延安途中因飞机失事遇难。

书信内容

铭兄：

岁尾年头，最易动人怀抱。况我今日处境更觉百感烦心，念国难之日急，恨己身之蹉跎。冲天有志，奋飞无术。五更转侧，徒唤奈何！虽然楚囚对泣^①，惟弱者而后如此。至于我辈，只有隐忍以候。个人生命，早置度外。居狱中久，气血渐衰，皮肉虚浮，偶尔擦破，常致溃烂。盖缘长年不见日光，又日为阴湿秽浊所熏染。譬之楠梓像章之木，置之厕所卑湿之地亦将腐朽剥蚀也。又冬令天短，云常不开，又兼房为高墙所障，愈显阴黑，终日如在昏幕中，莫能细辨同学者面貌。人间地狱，信非虚语。有人谓矿工生活，是埋了没有死，大狱生活，是死了没有埋。交冬以来，吾日睡十四小时（狱规：

晚六时即须就寝，直至翌晨八时天已大明方许坐起），真无殊长眠。当吾初入狱时，见一般老号友对于囚之死者，毫无戚容，反谓"官司打好了"，深诧其无情。后乃知彼等心理皆以为与其活着慢慢受罪，反不如死爽快也。

以上琐琐叙述大狱生活，吾兄阅后，或将以为弟居此环境中，将如何哀伤痛苦，其实不然。弟只有忧时之心。一息尚存，终当努力奋斗。现时所受之苦难，早在预计之中，为工作过程所难免，绝不值什么伤痛也。因此弟之精神甚为健康，绝不效贾长沙②之痛苦流涕长太息，惟坚忍保持此健康之精神。如将来犹有容我为社会工作之机会，固属万幸。否则亦当求在狱能比较健康而死。弟并无丝毫悲观颓丧之念也。

即如吾兄现时之生活，想来亦必有许多难处，不过困难内容性质与弟完全不同耳。弟处逆境，与普通人不同处，即对于将来前途，非常乐观。这种乐观，并不因个人的生死或部分的失败、一时的顿挫，而有所动摇。弟现时所最难堪者，为困与体之日现衰弱，恨不能死于战场耳！每日天将明时，枕上闻军营号声，不禁神魂飞越！嗟乎！吾岂尚有重跃马于疆场之日乎？

1933 年 1 月

注释

①楚囚对泣：处境窘迫的人相对而泣。

②贾长沙：即贾谊，西汉思想家，文学家。因力主改革政制，为当时大臣周勃、灌婴等排挤，谪为长沙王太傅，故世称贾长沙。渡湘水时，他有感而发，为赋吊屈原，以自伤悼。后为梁怀王太傅。怀王堕马死，贾谊郁郁自伤，常哭泣，不久去世。作者引用这句话时正身陷囹圄，但他心怀天下，只有"忧时之心"，所以说"不效贾长沙之痛苦流涕长太息。"

点评

这是 1933 年 1 月王若飞在狱中写给铭兄的信。在这封信中，表现了王若飞的革命乐观主义精神。

1931 年 11 月 21 日，王若飞在包头因叛徒出卖不幸被捕，在狱中度过了近 6 年的铁窗生活。他始终坚贞不屈，表现了一个共产党员的崇高气节。作为一个共产党员，他时时不忘与敌人作斗争。在监狱中面对监狱当局对犯人的种种残酷虐待，恶劣的生活医疗环境，他组织难友展开斗争。

他把学习看作是对敌斗争和提高自身素养的一种需要。在狱中王若飞组织难友学习，教难友识字，帮助大家提高文化水平，增长知识，了解革命道理。他还教难友法语、俄语，用拉丁语出墙报，向难友宣传革命真理，让狱方当局看不懂。直到 1937 年 5 月抗战爆发前夕，王若飞经党组织营救出狱。

陈潭秋

流落了七八年的我，今天还能和你们通信，总算是万幸了。

作者简介

陈潭秋（1896—1943），名澄，湖北黄冈人。早年曾参加五四爱国运动，学习和宣传马克思主义。1920 年秋与董必武等发起建立武汉的中国共产党早期组织。1921 年 7 月出席中国共产党第一次全国代表大会。1923 年发动和领导京汉铁路工人大罢工，后到安源从事工人运动和建党工作。1933 年初到中央苏区工作。1935 年 8 月赴莫斯科参加共产国际第七次代表大会。会后入莫斯科列宁学院研究班学习，并参加中国共产党驻共产国际代表团的工作。

1939 年 5 月化名徐杰，回国任中共中央驻新疆代表和八路军驻新疆办事处负责人。1942 年 9 月 17 日被捕。在狱中始终坚贞不屈，痛斥反动派消极抗日、积极反共反人民的罪行。1943 年 9 月 27 日，被军阀盛世才秘密杀害，时年 47 岁。

书信内容

三哥、六哥：

流落了七八年的我，今天还能和你们通信，总算是万幸了。诸兄的情况我间接又间接的知道一点，可是知道有什么用呢！老母去世的消息，我也早已听得也不怎样哀伤，反可怜老人去世迟了几年，如果早几年免受许多苦难呵！

我始终是萍踪浪迹、行止不定的人，几年来为生活南北奔驰[波]，今天不知明天在那[哪里]，这样的生活，小孩子终成大累，所以决心将两个孩子送托外家抚养去了。两孩都活泼可爱，直妹本不舍离开他们，但又没有办法。直妹连年孕产，乳，哺，也受累够了，十九年①曾小产了一男孩，二十年又产一男孩，养到八个月又夭折了，现在又快要生产了。这次生产以后，我们也决定不养，准备送托人，不知六嫂添过孩子没有？如没有的话，是不是能接回去养？均望告知徐家三妹（经过龚表弟媳可以找到）。

再者我们希望诸兄及侄辈如有机会到武汉的话，可以不时去看望两个可怜的孩子，虽然外家对他们痛[疼]爱无以复加，可是童年就远离父母终究是不幸啊！外家人口也重，经济也不充裕，又以两孩相累，我们殊感不安，所以希望两兄能不时地帮助一点布匹给两孩做单夹衣服（就是自己家里织的洋布或胶布好了）。我们这种无情的请求望两兄能允许。

家中情形请写[信]告我校徐家三妹转来。八娘子及孩子们生活情况怎样？诸兄嫂侄辈情形如何？明格听说已搬回乡了，生活当然也很困苦的，但现在生活困苦，决不是一人一家的问题，已经成为最大多数人类的问题（除极少数人以外）了。（我的状况可问徐家三妹）

弟澄上
二月二十二日

注释：

①十九年：指民国十九年，即 1930 年。后文二十年类此。

点评

这封信于 1933 年 2 月 22 日写于上海，是陈潭秋写给三哥和六哥的。当时，国民党反动派在上海疯狂捕杀共产党人。中共临时中央政治局被迫由上海迁往中央苏区，并决定陈潭秋（当时任江苏省委秘书长）等也到中央苏区工作。行前，陈潭秋给湖北老家的哥哥写了这封信。

陈潭秋为了革命事业，终年奔波在外，没有时间和精力照顾自己的孩子，只能把自己的孩子送养给别人。但他从内心还是对孩子充满了无限的关爱。从这封信中，可以看出陈潭秋的舐犊深情，也表达出投身革命的坚决意志。

邓中夏

你要知道：牢狱是极好的研究室呀！每天读书，又可以消却寂寞烦恼！

作者简介

邓中夏（1894—1933），字仲澥，湖南宜章县人。1920 年参加北京共产主义小组。1922 年任中国劳动组合书记部主任。先后领导长辛店、京汉铁路工人以及开滦煤矿和省港工人大罢工。曾任湘鄂西革命根据地特委书记和中国工农红军第二军团政治委员、中共江苏省委书记、广东省委书记等职。1933年5月在上海被捕。10月在南京雨花台就义，时年39岁。

书信内容（节选）

妹妹：

你四月二十七的信，我收到了，自从你入狱之后，到现在，整整半年了，我没有接到你半个字，今天得到这封信，你想我是多么喜悦呵！我前后写了四封信，据说有一封你是收到的，大概是去年阴历年底罢：每逢二十七我都托一位女人来看你，据说只有一次见着你，那时你恰在病中，后有几次则因另有人看你，她看不到你了，信和东西送不进去，从此就杳无消息，我多么的挂心呵！好！现在弄清爽了，多谢乐家兄嫂常来看你，我放心了，以后一切东西都请他家代送，我一定照你的话办，是否可能：每逢一、四、七都可送食物给你？这样：食物虽少，常送总则一月可以送十二回，每次送的东西以哪几样为最合式［适］？我经济虽困难，每月五元是出得起的，衣物按寒暑另送，为切合你的牢狱生活，我当托他们买暗色的布料做好送来。妹妹你既然和朱姐住在一块，是学英文的极好机会，切不可放过。每天应常学习不可偷懒，我已把英文津逮和英文字典送来，这样学下去，等到你出来，一定可以把英文学好呢！我打算还替你选购一批书籍寄来，你要知道：牢狱是极好的研究室呀！每天读书，又可以消却寂寞烦恼！我很好，你嘱咐我的话，我当时时记在心头。

即此

祝你的健康！哥哥书。

点评

这封信写于 1933 年 5 月，文中的妹妹即指邓中夏的妻子夏明。在信中，表达了邓中夏对妻子的殷切关心与不忘革命、学习的嘱托。

夏明是早期革命党人李启汉的妹妹。1926 年 1 月中下旬，被生活所迫，夏明和母亲一起逃荒来到广州，在哥哥李启汉的启发下，参加革命，投身到省港大罢工的工作中。7 月在广州和邓中夏结婚，后加入中国共产党。1928 年，夏明去苏联学习，并于 1930 年底回国。她和邓中夏一起工作，同甘共苦，相互扶持。1932 年，由于叛徒告密，夏明不幸被捕，囚禁于上海法租界监狱。邓中夏得悉妻子下落后，数次托人秘密捎信。这封信是夏明收到的第二封信，时间是 5 月 8 日。为防止万一，夏明将信抄入日记中，原件销毁。

这是夏明第二次被捕，入狱时间长达 4 年零 3 个月。在狱中，她写了很多首诗和日记，还和难友们采取绝食的方式，迫使当局改善"政治犯"的生活待遇。在狱中，夏明仍不忘机智勇敢地同敌人、叛变分子作斗争，表现出革命党人坚韧不屈的革命精神。

吉鸿昌

夫今死矣！是为时代而牺牲。

作者简介

吉鸿昌（1895—1934），原名恒立，别号世五，河南省扶沟县人。1913 年入冯玉祥部，因骁勇善战，屡立战功，从士兵递升至军长。曾任第二十二路军总指挥兼第三十师师长，1934 年 11 月 24 日被蒋介石杀害于北平陆军监狱。

书信内容

红霞吾妻鉴：

夫今死矣！是为时代而牺牲。人终有死，我死您也不必过伤悲，因还有儿女得您照应。家中余产不可分给别人，留作教养子女等用。我笔嘱矣，小儿还是在天津托喻先生照料上学，以成有用之才也。家中继母已托二、三、四弟照应、孝敬，你不必回家可也。

鸿昌手启

1934 年 11 月 24 日 11 时钟

国昌、永昌、加昌诸弟鉴：

兄已死矣，家中事俱已分清，唯兄所恨者，先父去世，嘱托奉养继母之责，吾弟宜竭力孝敬，不负父兄之托也。

欣农、仰心、退福、慈情诸先生鉴：

吾先父所办学校校款，欣农、退福均悉，并先父在日已交地方正绅办理。所虑者，吾死后恐吾弟等不明白之处，还要强行分产，诸君证明已有其父遗嘱，属吕潭地方学校，为教育地方贫穷子弟而设，款项皆由先父捐助，非先父之私产也，学校款，诸弟不必过问。

点评

这封遗书和短札是 1934 年 11 月 21 日吉鸿昌在殉难前几个小时写的。信中的殷殷嘱托，充满了他对妻子、儿女深深的爱护，鼓励妻子为了儿女的成长、为了前赴后继的革命，坚强地活下去。在给弟弟等人的信中表现出吉鸿昌守孝道、重仁义的优秀品质。

日军发动"九一八"事变后，吉鸿昌与冯玉祥等组织察哈尔民众抗日同盟军，从日伪军手里收复多伦，极大鼓舞了抗日力量。但在蒋介石的重兵围攻下，同盟军因寡不敌众而失败。失败后，吉鸿昌到平津等地继续从事抗日活动。1934 年，在天津成立中国人民反法西斯大同盟。同年 11 月，吉鸿昌在天津法租界被特务刺伤后被捕。

吉鸿昌被捕后，妻子胡红霞进行了百般营救。吉鸿昌知道这些情况后，便嘱咐夫人营救是徒劳的，他在给妻子的信中写道："家中余产不可分给别人，留作教养子女等用"，表明了他对国民党反动本质的清醒认识和视死如归的革命精神。

在狱中，吉鸿昌受尽严刑拷打，但依然顽强不屈。他慷慨陈词，历数蒋介石的卖国行为，并将上衣解开，袒露出察北抗日作战中所负的累累伤痕。

11月24日是吉鸿昌殉难的日子。他在写完信后，从容地走向刑场，在刑场上写下就义诗，并慷慨陈词："我为抗日而死，不能跪下挨枪，死了也不能倒下。给我拿把椅子来，我要坐着死。"敌人拿来椅子后，吉鸿昌又说："我为抗日而死，死得光明正大，不能在背后挨枪。我要亲眼看到敌人的子弹是怎样打死我的。"吉鸿昌就这样光荣牺牲，时年39岁。

刘伯坚

弟为中国革命牺牲毫无遗恨，不久的将来，中国民族必能得到解放，弟的鲜血不是空流了的。

作者简介

刘伯坚（1895—1935），四川平昌县人。1922年在法国勤工俭学时加入中国共产党。曾两次去过苏联学习。回国后，历任西北军冯玉祥部政治部主任、红五军团政治部主任、赣南军区政治部主任等职。1934年10月，红军主力长征后，担任赣南军区政治部主任，留在根据地坚持斗争。1935年3月4日，在江西信丰、会昌交界处与敌作战中负伤，不幸被俘，3月21日英勇就义，时年40岁。

书信内容

凤笙大嫂并转五六诸兄嫂：

弟于三月四日在江西信丰县唐村被粤军俘虏，押解［至］大庾粤军第一军部，弟在唐村被俘时，就决定一死以殉主义，并为中国民［族］解放流血，曾有遗嘱及绝命词寄给你们，不知收到没有？

弟为中国革命牺牲毫无遗恨，不久的将来，中国民族必能得到解放，弟的鲜血不是空流了的。

虎、豹、熊三幼儿将来的教养，完［全］赖诸兄嫂。豹儿在江西，今年阳历二月间寄养到江西瑞金武阳围的船户，赖宏达（四五十岁）老板。他的船经常往来于瑞金、会昌、雩都、赣州之间。他的老板娘名叫郭贱姑，媳妇名叫梁照娣，儿子三十岁左右，名叫赖连章（记不清楚了）。另有吉安人罗高，二十四五岁，随行，是个裁缝。罗高很忠实很爱豹儿，他无论如何都同豹儿一起。你们在今年内可派人去找，伙食费只能维持四五个月。

熊儿生后一月即寄养福建连城属之新泉区芷溪乡黄荫胡家中，黄业中药铺，其弟已为革命牺牲，弟媳名满菊，扶养熊儿，称熊儿为子，爱如己出，因她无子。

熊豹两儿均请设法收回教养。

诸幼儿在十八岁前可受学校教育，十八岁后即入工厂做工为工人。他们结婚更不要早，迟至三十岁左右再结婚亦不为迟，以免早婚多儿女累，不能成就事业。

最重要的，诸儿要继续我的志向，为中国民族的解放努力流血，继续我未完成的光荣事业。

这封信须要给叔振①同志一阅，她可能已到沪了。

此致

最后的亲爱的敬礼

弟刘伯坚

三月廿日②于大庾

我已要求粤军枪毙我后葬我在大庾梅关附近。

注释：

①叔振：即王叔振，刘伯坚的妻子，早年参加革命，后在闽西牺牲。

②三月廿日：刘伯坚牺牲的日期是 1935 年 3 月 21 日，这里所写的三月廿日，可能是烈士的笔误。

点评

这封信写于 1935 年 3 月 21 日。1935 年 3 月初，刘伯坚在战斗中左腿中弹，不幸被捕。在被囚的 17 天中，他坚贞不屈，视死如归。刘伯坚临刑前，敌人问他还有什么后事要办。刘伯坚说："有！第一，我要写封家信，交代我的子孙后代要将革命进行到底！第二，我死之后要把我葬在梅关，使我死后也能看到革命的烈火到处燃烧！"敌人只好给他笔和纸。刘伯坚镇定自若地写下了临刑前这封动人心魄的家书。

西安事变时，王叔振的嫂子凤笙将刘伯坚的儿子刘虎生连同几封遗书交给周恩来。周恩来对此一直缅怀不忘，直至 20 世纪 60 年代还介绍说："这些遗作，是我们党在战争年代里流血牺牲的烈士给他的亲人的最完整的遗书。"

蒋径开

你要坚定、镇静、不怕威协［胁］、不怕艰苦、带着宗儿活下去，总有一天是属于我们的。

作者简介

蒋径开（1898—1936），湖北英山县人，早年在北京大学学习时加入中国共产党，后赴广州黄埔军校学习，并参加了著名的北伐战争。"四一二"反革命政变后，回到家乡英山从事革命活动。1929年担任上海闸北区区委书记。1933年由于叛徒告密被捕，1936年被害，时年38岁。

书信内容

子乡①：

你好吧！生活如何？时在念中，我现估计他们是不会放过我的，但是你千万不要悲伤，以后你会有像我这样的好人照雇［顾］你的。宗儿②你要好好教育他，今后不要和他们一起，和他们在一起是没有出息的，因为他们是人们最恶恨的一群豺狼。豺狼总有一天是被人们打死的。你要坚定、镇静、不怕威协［胁］、不怕艰苦、带着宗儿活下去，总有一天是属于我们的，不信，等着看吧！

顺祝

近佳

径字

二十四年三月十八日于漕河泾

注释：

①子乡：即张子乡，蒋径开的妻子。

②宗儿：即蒋汉宗，蒋径开的儿子。

点评

这封信是蒋径开于1935年3月18日写给妻子的遗书。蒋径开被捕入狱后，预感不幸即将来临，于是写下这封遗书，藏在棉袄衣角夹层里。蒋径开的妻子张子乡在拆换棉袄时，才发现这封遗书。

"四一二"反革命政变以后，蒋径开受党组织委派回英山从事革命活动，任英山县商会会长。在县城创办了"列宁小学"，并自任校长。在此期间，编写了话剧《社会一角》，深刻揭示了当时"万家辛苦一家闲，一家饱暖万家忧"的社会现实，唤起民众起来革命。又以"蒋源丰"店号做生意为掩护，进行秘密联络。1929年，蒋径开离开英山，以安徽省立旅沪中学教育长的身份赴上海，任中共上海市闸北区区委书记。他以办教育为名，秘密从事工人和学生运动。1933年3月，因叛徒告密而被捕，蒋径开被押到龙华警备司令部审讯，受尽酷刑，但他依然坚贞不屈，对革命事业充满必胜信念。1934年转入上海漕河泾监狱，1936年牺牲在敌人的电刑下。

方志敏

同志们！十分亲爱的同志们！请你们经常记起你们多年在一起的战友们之惨死，提起奋勇的精神，将死敌的日本帝国主义赶快赶出去吧！

作者简介

方志敏（1899—1935），江西省弋阳县人。五四运动后开始接触马克思主义。1923年加入中国共产党。大革命失败后，在赣东北组织和领导了农民武装暴动，创建了赣东北红军和赣东北革命根据地。1928年7月，在中国共产党第六次全国代表大会上，当选为中央委员。1934年，任北上抗日先遣队总司令。1935年1月，由于叛徒告密，被捕入狱。在狱中坚贞不屈，写下了《可爱的中国》《清贫》等名著。1935 年 8 月，在南昌英勇就义，时年 36 岁。

书信内容（节选）

同志们！亲爱的同志们！我是不能再与你们共同奋斗了，我是如何的惭愧和难过啊！我所说上面的意见，都是我最近感触到，当然里面免不了有错误。说错了请你们批评，说对了请你们执行。我们虽囚狱中，但我们的脑中，仍是不断的思念着同志［们］的奋斗精神，总期［祈］祷着你们的胜利和成功！我直到现在，革命热诚仍和从前一样。我正在进行越狱的活动。我想，我若能越狱出来，我将用我最高的努力创造新苏区和新红军，以恢复这次损失！同志们！越狱恐难可能（主要的是无外援），那时只有慷慨的就死了！我不能完成的工作责任，只有加重到同志们的肩头上了！同志们，十分亲爱的同志们！永别了！请你们努力吧！我这次最感痛苦的，就是失去了为党努力的机会。你们要认识！你们能够为党工作，为党斗争，那是十分宝贵的。我与刘王曹同志等都是敌人刀口下的人了，是再也想［得］不到为党工作的机会了，这是无可奈何的！我能丢弃一切，惟革命事业，却耿耿在怀，不能丢却！同志们！十分亲爱的同志们！请你们经常记起你们多年在一起的战友们之惨死，提起奋勇的精神，将死敌的日本帝国主义赶快赶出去吧！将万恶的国民党统治赶快推翻吧！谨向你们领导下的红军和工农群众致热烈的革命敬礼！

是你们诚挚的战友

一九三五年四月

点评

这是方志敏写给党中央的信的最后一节。方志敏经过艰苦的工作，使在监狱工作的某夫妇同情革命，这封信和《清贫》《可爱的中国》等文稿都是由他们交给鲁迅，然后由鲁迅设法转给党中央的。

1934 年，中共中央决定红七军团与红十军合编为北上抗日先遣队，由方志敏率领，挥师北上抗日。方志敏任中国工农红军北上抗日先遣队军政委员会主席，统一领导闽浙皖赣边党的组织和革命武装。但是，蒋介石却调集了十几万军队包围了先遣队。方志敏指挥部队与敌人浴血奋战，坚持北上。终因寡不敌众，陷入重围。1935 年 1 月 27 日，由于叛徒出卖，在江西玉山县怀玉山区被俘，被囚于南昌国民党驻赣绥靖公署军法处看守所。蒋介石曾亲自出面劝降，方志敏则表示："为着共产主义牺牲，为着苏维埃流血，那是我们十分情愿的啊！"

从信中可以看出方志敏曾试图越狱。他在狱中争取了 10 个看守兵，他们都愿意帮助方志敏越狱。方志敏计划找一个可靠的人帮他与上海的中共地下组织取得联系，党组织派遣若干军用车和小汽车，在约定好的时间同时埋伏在军法处周围，以少数便衣冲锋队带小汽车到看守所后门，根据秘密信号，让预先安排的看守兵作为内应，打开牢门，把化了装的几名要犯送上小车。

根据曾任国民党中央监狱长的胡逸民的回忆，方志敏想监外就医，再伺机脱身。胡逸民帮他在狱中周旋了一番，但军法处认为方志敏的病不重，没必要监外就医。后来胡逸民用 400 元钱，买通了所长和看守，为方志敏打开了脚镣和大门，可方志敏走出大门不远，就被外围哨兵发现了。

郭纲琳

让造成我的命运来完结我的命运，让我能得着的时日
求些我愿求的知识，一直到最后一日。

作者简介

郭纲琳（1910—1937），又名郭英，江苏句容县人。1932 年
加入中国共产党，任共青团上海闸北区区委书记等职。1934 年夏在
上海从事抗日救亡运动时不幸被捕，解押南京。1937 年 8 月在雨花
台就义，时年 27 岁。

书信内容

伦兄：

我拖延了许久许久才复你信了吧！我不愿申诉和说明什么。因
犯人的心理是绝隔人世不起作用，也许有很多的想象是脱离实际的，
为了她抓不住实在做她估计的对象，所以给与［予］她的会令她失
望得可怕。现在我很能安静，脑袋似静水一样无波纹，我不希望什么，
更不为失望而悲叹。我现很能安命自守。虽在过去我不利用时间追
求我的现实，专在追求我身体的自由而陷于失望的苦燥［躁］中。
现在呢？我不那样企求了！现在我的中心是："让造成我的命运来
完结我的命运，让我能得着的时日求些我愿求的知识，一直到最后
一日。"我知道希望存追求中是甜蜜的，美满的占多数。可是实现
了后因时间与空间的更换，也许会恼恨希望的实现。所以你要我做
的，我是不能给你圆满的回答。并我该告诉你："我不愿造一点点
罪恶在我生命中。"伦兄！请你原谅我不能屈伏［服］在一个无罪
而加上有罪的名义下来遵从你。我知道自己，明白自己。并且我也
知道你们的苦衷！我常常觉得给你们的实在也够烦忙了，我为什么

要这样累赘你们呢？我能给你们一点什么答复呢？……再有什么？什么也没有了！再有给你们的只有失望，还说什么呢？总算好我的身体和夏日一样有力，自入秋来胃少有不佳，别均似夏日的我。请你放心！我近来还能读点书，因能读书，所以杂念也易消失了！中秋节快临了，你们又忙着请客了吧！我们犯人一年照例有几次特许的买牛猪肉吃——五月节、八月节、旧历年——所以每个犯人逢到这时都有一点兴奋，如没有钱，那只有望肉而兴叹了！八月节尚未到早就计划着：还有一个月要吃肉和月饼了。八月节可买月饼吃，五月节可买粽子吃。月饼比粽子好吃，能放得久多。八月节离我们还有半个月，不知你来得及请我否！七叔许久未来信了，大约公事忙吧！请他把小弟弟照片再寄张〔给〕我。并替我向他要求他："请我过节！"肯不肯呢？好！纸完了！下次再谈！

祝你

努力保重！

狱中英妹谨上

八月廿六日

点评

这封信于 1935 年写于狱中。郭纲琳被捕入狱后，她的哥哥为营救她四处奔波，并写信劝她承认错误以获宽大释放。在生与死的选择上，她坚信自己所从事的事业是唯一正确和光荣的，断然拒绝了哥哥的劝言，保持了共产党人的气节。

1934 年，郭纲琳在上海法南区工人中进行革命活动，在美亚绸厂办女工夜校，启发工人觉悟。第二年冬，调闸北区工作，领导和组织 4500 名工人为改善生活、增加工资而举行的为时 50 天的丝厂大罢工。由于叛徒出卖，郭纲琳被捕。

郭纲琳被捕后，她的家里人为了维护名门声望，立即设法营救。

开始，郭家先托句容同乡、英巡捕房头目出身的上海大中华饭店经理戴步祥，后又求律师秦待时，虽破费近千元，结果都因郭纲琳拒绝在国民党拟好的悔过书上签字而作罢。

1937 年 7 月，敌人把郭纲琳押往雨花台刑场。她一路唱着《国际歌》，高呼"打倒日本帝国主义！""打倒国民党反动派！""中国共产党万岁！""共产主义青年团万岁！"

面对死亡，郭纲琳怒斥敌人："我一个手无寸铁的女子，凭了真理，凭了对人民的忠贞，凭了党给我的教育，我将你们费了不少狗气力想出来的一切阴谋诡计打得粉碎，可见我是胜利了。"

文立征

"怒吼吧，中国！"

作者简介

文立征（1911—1945），字国道，湖南衡山县人。1938 年加入中国共产党。曾任鲁南民众抗日自卫军副政训处长、八路军一一五师运河支队政治部主任、鲁南军区第一军分区政治部主任、鲁南军区第三军分区政委兼政治部主任、铁道游击队政委、鲁南军区第二军分区区委书记等职。1945 年 2 月，他在滕县丁家党村开展工作时，因叛徒告密，遭敌特武装突然袭击，不幸壮烈牺牲，时年 34 岁。

书信内容（节选）

仲劲[①]：

"一二·九"后的两信不知都接到了没有？

现在北平仍很冷，但日间也有太阳，夜间有月亮，也未下雪。各校的溜冰场尚未建立，各公园的，多开幕了，我也想明后天去。

没有课上，除在图书馆外，晚上练吹口琴，今天又在同学家里学打字，我很想学会它将来大有用。

华北由"亲善"而"提携"②，又由"提携"到了现局——分割③，铁的事实粉碎了我误信当局者的"自有办法"的心理。你瞧，偌大的华北已不允许安放一张平静的书桌了。"怒吼吧，中国！""一二·九"一炮早就响到了南方，想已有个相当的明白，现在要写的是前日（十六）的事：

——事先当局已闻悉十六日有第二次示威运动，故各校门与各街通衢加监戒备益严：

——学联会后，全市各校为四区路，上午在天坛前（天桥）集中，大集合后再进城示威游行。

我校晨八时由西城发动，经过两三度水龙警棒大刀奋抗后，中途与清华一部分（也是被冲散的）汇合，直达天桥。

十时过，先后奋斗，得［来］到在［会］场的大中学生将近万（余）群众（听说各路在中途被冲散的可不少，也有些中学生被学校当局禁闭不能出来的），悲壮勃勃的气焰紧压了全空。草草开过市民大会后，大集体的列队（臂挽臂四人一连）回头欲从前门入城大示威。这时集体扩大到里多路长，气力愈觉雄伟了。久久沉闷的压在心头快要炸裂的悲愤与积怒，现在变成呐喊了，平时不能谈论的现在血似的写在宣言纸上了，我们雄视一切，我们痛快，我们感觉华北仍是中国人的。

到了前门，即受"绝不准入城"的阻止，数度和平开导与交涉都无效，只有冲锋与肉搏了。我们的武器自然是肉和血。对方的，初是水龙，水龙不足用，继之以棒、皮鞭、刺刀、大刀背，于是流血开始了：还不足用，第一排枪声向天响了。群众当时不知这是友邦宪兵放的，还是中国爱国警兵发［放］的，故暂时退让了一下，后知是中警所发［放］，又即刻齐集前进。第二、第三排枪继续的

123

威压了，同时大刀、警枪、警队车车的压来，机关枪排列更多了，但群众不再一惊动。这时他们见最后法宝也弹压无效，只好与我们请［讲］和，允大队从宣武门进城，我们也只得改路了。

途中在西河沿又小冲一次。约二时许离前门，四时抵宣武门。到时知是被骗了，因为城门是同样的关了。

燕京④又受骗，先离了大队（开城以解散大队为条件），后来清华也为策略先走了。

"各人走不各人走？""不走！""等不等？""等！"这是我们大家自己的回答。

这时东大、师大、辅大、北大、汇文等校四万多人在大风深寒里，（在）城门外直等到十时多。最后大队欲集中师大。走不到半里在骡马市大街又与水龙、大刀、刺刀大激战数合，此时因人马太疲，又肚子饿，只好疏开，各向师大奔来。到了师大点兵，轻重伤的占五分之三四。我们坐本校慰劳队的汽车回营了。

注释：

①仲劲：文立征的弟弟文立徽，字仲劲。

②提携：又叫"经济提携"，是日本在侵华战争中，掠夺中国资源所常用的口号。

③分割：日本帝国主义在侵华战争中，政治上采取"以华治华""分而治之"的政策。

④燕京：指燕京大学。

点评

这封信写于 1935 年 12 月 18 日。当时文立征在北平（北京）上大学，积极参加了"一二·九"学生运动。他将事件的全过程写信告诉弟弟。

"九一八"事变之后，日本帝国主义把侵略魔爪一步步伸向华北。1935 年五六月间，日本侵略者密谋策划，迫使南京国民政府接受达成了"何梅协定"和"秦土协定"，把包括平津在内的河北、察哈尔两省的大部分主权奉送给日本。之后，日本帝国主义积极策动所谓华北五省"防共自治运动"，策划成立由其直接控制的傀儡政权，全面在华北进行政治、军事、经济、文化侵略，激起北平各阶层人民的极大愤慨。

12 月 9 日，在中国共产党的领导下，北平大中学生数千人举行了抗日救国示威游行，反对华北自治，反抗日本帝国主义。"一二·九"运动得到了全国学生的回应和全国人民的支持，形成了全国人民抗日民主运动的新高潮，推动了抗日民族统一战线的建立。

赵一曼

母亲不用千言万语来教育你，就用实行来教育你。在你长大成人之后，希望不要忘记你的母亲是为国而牺牲的！

作者简介

赵一曼（1905—1936），原名李坤泰，四川宜宾县人。1926 年，赵一曼加入中国共产党，在上海、江西等地做秘密工作。1927 年秋去苏联莫斯科中山大学学习，1928 年冬回国。"九一八"事变后，党派她到东北工作。1935 年，赵一曼任东北人民革命军第三军二团政委。同年 11 月在与日军作战中负伤，不幸被捕。1936 年 8 月 2 日英勇就义，时年 31 岁。

书信内容

宁儿：

母亲对于你没有能尽到教育的责任，实在是遗憾的事情。

母亲因为坚决地做了反满抗日的斗争，今天已经到了牺牲的前夕了。

母亲和你在生前是永久没有再见的机会了。希望你，宁儿啊！赶快成人，来安慰你地下的母亲！我最亲爱的孩子啊！母亲不用千言万语来教育你，就用实行来教育你。

在你长大成人之后，希望不要忘记你的母亲是为国而牺牲的！

一九三六年八月二日

你的母亲赵一曼于车中

点评

这封遗书是 1936 年 8 月 2 日赵一曼被押赴刑场的途中，在囚车中写下的。赵一曼牺牲之前，最想念的是自己的儿子赵掖贤。临产的时候，她正在宜昌做地下工作，把孩子生在一个陌生的好心妇女的半间砖房中，取名"宁儿"。为躲避警察抓捕，她抱着十几天的婴儿，一路讨饭潜入上海，先到江西省委机关后回上海中央机关工作。"九一八"事变后，赵一曼主动要求到东北沦陷区工作。这时巧遇丈夫的妹妹陈琮英（任弼时夫人），两人同到汉口，赵一曼硬是把哭喊不止的一岁儿子送给丈夫的堂兄陈岳云做养子。

母子分手前，赵一曼到照相馆照了一张母子合照，一张留给儿子的养父，一张寄给身在异国的丈夫。当时赵一曼的中学同学郑双碧的妹妹郑易南也在上海，她将合照也寄给郑易南，请她想法将照片转交给自己的二姐李坤杰，并说如果她到前线回不来了，用此照片去联络丈夫陈达邦和宁儿。

赵一曼被捕后，日寇对赵一曼进行了惨无人道的"严刑拷问和人格污辱"。护士韩勇义、看守董献勤感于她的民族正义和英雄气概，决定营救她。但在即将到达抗日根据地时又被追捕回来。

日寇把赵一曼押回珠河。在车上，赵一曼知道自己的最后时刻到了，给自己的儿子写下了这封催人泪下的遗书。

到达珠河县城后，日寇把赵一曼绑在马车上游街。她撑起身子高唱《红旗歌》，向目送的同胞告别，在珠河小北门英勇就义，年仅31岁。

韩雅兰

> 这里的物质生活比较外边苦些，但精神方面则比外面快乐的多。什么话都可讲，很自由很坦白。

作者简介

韩雅兰（1905—1943），陕西蒲城县人。20世纪20年代在陕西省立女子师范学校上学期间参加中国共产党。1930年入复旦大学中国文学系学习。1936年底赴延安参加中国人民抗日军事政治大学第二期学习。全面抗战爆发后，奉党的指示返回西安从事地下工作，参加陕西妇女抗日救亡运动。后患病，于1943年6月病逝，终年38岁。

书信内容（节选）

亲爱的父亲、母亲：

大人爱儿也必知儿之性，对任何事，决不会轻举妄动，儿都经过长期的考虑过。这次到三原晓得了此地招生的事，儿曾经仔细地考虑过后才决定走的。因为时间的关系，不能回西安面商于大人。想大人看现在全国人民抗日的热情，也许会不再生儿之气。总之，儿不是不懂事的，盲目的瞎跟人跑的，跟人说的，儿现在所走的爱国的路，想必能得社会人士的谅解的。恳祈大人恕儿不告之罪，而仍以从前的爱儿之心来爱儿，则儿幸甚。

这里的物质生活比较外边苦些，但精神方面则比外面快乐的多。什么话都可讲，很自由很坦白。凡是到这里来参观的没有不对这里发生好感的。前天来了两位大学教授，同时也是申报周刊编辑，他们参观的结果，印象非常的好，今天已经走了。最近外边到此地来的参观的非常多，时常有人来。

这里学校对于学习方面，教员讲得很好，同时很注重研究性质，学生能充分发表自己的意见，因此得的益处很多。儿觉得在这里的几月学习比外边学校几年的学习还要得的益处多。由西安来的学生很多，各地都有，赵师长的女和子①都在这里，好些熟人，所以请大人放心。不要以为儿做的不对。这样多的人都和儿所做的一样，此地女生已有三四十人。敬祝健安。

漂泊的女儿敬禀②
4.18

注释：

①赵师长指杨虎城部三十八军第十七师师长赵寿山。抗战期间，原杨虎城部被改编为三十八军和九十六军，赵寿山任三十八军军长。其女指赵铭锦，当时她在抗大第二期第四大队女生区队学习。其子指赵元介，抗大毕业，长期从事戏曲教育工作。

②因为韩雅兰在延安，信要寄往国民党统治下的西安，所以没有署名。韩雅兰从1930年离家到上海，在外多年，后由于丈夫纳妾，她有家不能回，所以在这里写信就署了个"漂泊的女儿"。

点评

这是韩雅兰于1937年4月18日写给父母的信。

1936年底，韩雅兰赴延安参加中国人民抗日军事政治大学第二期学习。抗大第二期是1937年1月开学到8月结束。韩雅兰是抗大第二期第四大队女生区队的学员。

韩雅兰走之前没有将此事告诉父母，到延安后几次写信回家说明，但都没有收到回信。她怕父母生气，所以写了这封信，叙述了自己去延安的缘由并介绍了延安抗大的情况以便让父母放心、谅解。

在韩雅兰去世后，她的父母把韩雅兰的遗物交给其女儿保管，这封信也在其中。2010 年中国人民大学博物馆收集民间家书，韩雅兰的女儿把这封家书捐献给了人民大学博物馆。

陈　毅

> 弟遭家不造，不能自己，慨然离家谋国，而国势亦陷垂危之景，艰难困厄，日夜围攻，毒手尊拳，谁能多让，浴血人生，直至于此，敢谓今人所难至，古人传奇史之所无也。

作者简介

陈毅（1901—1972），字仲弘，四川乐至人，中国无产阶级革命家和军事家。早年留学法国，1923 年加入中国共产党。1927 年参加南昌起义和湘南起义。后与朱德率领起义部队上井冈山。1934 年中央红军主力长征后，领导南方三年游击战争。抗日战争时期，任新四军第一支队司令员、新四军代理军长等。解放战争时期，任新四军军长，中共中央中原局第二书记，组织和指挥了淮海战役。新中国成立后，任华东军区司令员、上海市委第一书记等职。1955 年被授予元帅军衔。1972 年 1 月在北京病逝。

书信内容

白文嫂尊鉴：

数奉手书，至感亲亲骨肉念兄念弟之厚情深谊，弟读后不禁悲喜惭痛一时俱来，迸发之情，有如江河倾泻。廿①年烽火，满地干戈，弟出入其中，了无迁挂，惟于亲亲骨肉之系念，尝与日俱永。前以封锁层层，近以奔走山林城镇间，均不能详细作家书，每当动笔家书之际，便心绪堆积，无从措词，虽或伸纸着墨，不尽数行，又复扯毁，此情难言，有如此者！弟遭家不造，不能自己，慨然离家谋国，而国势亦陷垂危之景，艰难困厄，日夜围攻，毒手尊拳，谁能多让，浴血人生，直至于此，敢谓今人所难至，古人传奇史之所无也。弟尝终日冥想，己身经历，教训滋多，实验即实学，窃私心自庆幸也。惟弟少年失学，凭借不多，故进境不大，虽于重要关头，能就大者重要者处理之，但成功之事误于弟手者亦复不少。前途难多，切忌自足自满，弟每于此三致意焉。孟熙②谓嫂苦心经营，使家事略近温饱，弟闻之感愧，后顾之忧稍纾，前进之力更强，能不欣幸！孟熙率队抗战，以其才力谅无他虞，乞嫂放心。请调一层，人事环境均有困难。弟方率部上前线，团聚之日当在不远，弟当臂助孟熙成此光荣事业，规避卸责为吾侪所不应出。嫂之高明谅能鉴此。嫂孤处渝城饱睹东南播迁离散之情，曷归里围绕双亲左右，如何？如何？伏乞明裁。

季让③近由粤来赣，已电其来南昌相见，届时弟当令其归报老亲以慰离思。孟熙廿一日到赣，弟恰于十九夜溯江南征。弟廿六日返省，孟熙复于廿三日东向。十年暌别，缘悭一面，何别之易而会之难也！战争烽火团聚弟兄于一途，当不会长使人千里也。弟尔后仍在江西任职，不外军师长之类。弟左耳重听，右腿伤残不良远行，左脚亦伤，胃病、痔疾、贫血诸症交相困我，尚力图疗养期，决定者视时局如何耳。嫂有赐示交吉安书街惠黎医院转。冬寒凌厉，伏乞珍重。闻季妇黄妹④在嫂处，均此致意，均乞善视侄儿辈。匆匆不尽所言。

敬问家安！

二胞弟仲弘⑤启

十二月廿九日

注释：

①"廿"字疑为"十"字之误。

②孟熙：指陈孟熙（1899—1986），陈毅之兄。

③季让：陈季让，陈毅之弟。

④季妇黄妹：指陈毅之弟陈季让夫人黄淑秋。

⑤仲弘：陈毅字仲弘。

点评

这封信写于1937年12月29日，是陈毅写给李白文（陈毅之兄陈孟熙的夫人）的。

当时，抗日战争全面爆发。由于国共实行第二次合作，陈毅正在江西筹建新四军。此时他接到久未通音信的李白文嫂的数封家书，不禁激情喷涌，感慨万分，当即写下了此封家书。

陈毅少小离家，投笔从戎，十数年金戈铁马，浴血人生，铸就他豪迈爽直的英雄气概，然而他也有亲亲骨肉之情，随戎马倥偬、南征北战岁月日增，此情也与日俱增。他日夜思念着哥嫂双亲，饱尝着由于战乱所带来的离散之苦，希望有朝一日能和家人团聚。所以一旦接到家书，那惊喜感慨如行云流水一样自然流淌。全信既有家事私情的尽情尽意的倾诉，又有国家大事、当前形势的抒发，写得既豪放雄迈、气势宏大，又不乏儿女情长、情韵深厚，是家书中的上品之作。

王传馥

我是要远离爸妈了，也许将来还有见面的机会，爸妈不必伤心，我以爸妈之爱来爱大众，爸妈是喜欢的，我下最大的决心达到目的，尽力打破一切困难。

作者简介

王传馥（1920—1942），江苏吴县人，中国共产党党员。早年在上海求学，后赴陕北公学学习，毕业后到汉口做党的工作。不久赴皖南新四军三支队五团任宣传股长，"皖南事变"中被拘，囚于上饶集中营。1942年5月，参加领导越狱暴动，腿被炸断后被捕，后惨遭杀害，年仅22岁。

书信内容

爸、妈：

大场①失守后，东战场再也不能乐观了，故军抵苏的消息传到我耳中，我只得向上帝祝福全家的安全。日军攻吴兴，菱湖也不成安全之区了，我想或者会搬到安徽，我也希望搬到安徽。

我是为了读书而离爸妈到上海来的，可是到现在读书也不成了，上海的环境也可想而知，我感到自己太无用，不能救国也不能助家，在现在的中国是不容许这样的。

我现在立志到陕北，我相信那里能够造就我，报效国家。时间不允许我得到爸妈的允许而行，但我想是不需要的，一定允许我的，我深感长者之爱，但命运不允许我侍奉左右了。我是要远离爸妈了，也许将来还有见面的机会，爸妈不必伤心，我以爸妈之爱来爱大众，爸妈是喜欢的，我下最大的决心达到目的，尽力打破一切困难。

敬祝

安康

再祝

我们得到最后胜利。

传馥赴陕前

翼叔给我最大的帮助，我永不能忘了他的爱。

祝他

永远快乐一定不使他失望。

①大场：镇名，位于上海宝山县境内。1937 年 10 月 26 日，国民党守军撤离大场。11 月 12 日，日军占领上海。

点评

这封信写于 1937 年底。日本侵略军攻陷上海后，王传馥致信父母，毅然奔赴陕北，参加抗日斗争。

1937 年 8 月 13 日，日军在上海发动"八一三"事变，淞沪战争爆发。中国守军奋起还击，经过三个月的艰苦卓绝的战斗，11 月 12 日，上海还是失陷了。淞沪会战是抗战中最为激烈的战役，历时 3 个月，日军参战兵力达 25 万余人，死伤 5 万余人。中国军队参战兵力共 70 余万人，伤亡达 10 余万人。经过如此激烈的战役后，在上海求学的王传馥自然是求学无路。

淞沪会战在军事上虽然失败了，也付出了极其惨痛的代价，但在士气上胜利了。中国军民浴血奋战，誓死也不向日本侵略者投降。这种精神感染了千千万万的中国人民。王传馥为了能够报效国家，决定奔赴陕北，参加抗日战争。临行前给父母写了这封信，表明自己的心志。1937 年底，王传馥如愿到山西临汾八路军办事处学兵队学习，结业后分配到新四军工作。

冼星海

我们需要更愉快的精神，也更需要健康的体格，我们要尽情地去愉快，但也要尽力地去工作。

作者简介

冼星海（1905—1945），曾用名黄训，广东番禺人，中国著名

的音乐家。自幼酷爱音乐，曾在北京大学音乐传习所、上海国立音乐学院、法国巴黎音乐学院学习。1935 年回国。参加抗日救亡音乐活动。1938 年赴延安。1939 年加入中国共产党。1940 年赴苏联考察，因苏德战争爆发，滞留于苏联。1945 年 10 月 30 日病逝于莫斯科。音乐代表作有《救国军歌》《夜半歌声》《黄河大合唱》《生产大合唱》《在太行山上》等，极大鼓舞了全国人民抗日救国的信心。

书信内容

韵玲：

　　我和第二队已经到东湖两三天了，在这晴和的天气，冷淡的月色里，我吸着新鲜的湖风，歌唱着《江南三月》，可是总还念着海星的朋友们和我常常谈笑的你们！昨天海星两位同学到这里，帮我很多的忙，尤想在星期日那天发动一个 120 人的歌咏合唱，因此我想不在星期日那天来和你们去女青年会接洽事情，而改在星期六。请你在家待我，大概我会在下午来。

　　这两天月色太可爱了，我常常睡在青绿的草地上去看月色，湖水又是这样的动荡着，令我感到许多曲意。可是我只是仰卧着，伴着夜露的草茵，我唱起《祖国的孩子们》，我也唱起《茫茫的西伯利亚》，这样的环境，使我太寂寞了，恨不得又跑回汉口来。我那边也有同一月色，那边更有江水能打动我的心的深处！

　　我感谢你在十日晚上给我无限的愉快，使我提起冰和葡萄酒，我便想起，咱们是如同痛饮敌人的血一样愉快。我们需要更愉快的精神，也更需要健康的体格，我们要尽情地去愉快，但也要尽力地去工作。

　　我还感谢你前天晚上捐助我的一位朋友的事，海星的朋友告诉我，你是很慷慨、很爽直地去帮助别人的困难的！我非常感动，你这种善良的心，使我永远记着，我要向你致一敬礼！

你们在家怎样？弟弟回来没有？你的哥哥有出来没有？这样的月色，这样的清风，我想他是一定过江来的。

再会，我星期六下午来找你，候好。

星海
1938 年 5 月 12 日晚在东湖海光农圃写

点评

这是冼星海 1938 年 5 月写给妻子钱韵玲的信，写于武汉东湖之畔。冼星海于 1938 年春到武汉，负责音乐宣传工作。这一时期他创作了大量以抗战为题材的歌曲。

冼星海写给妻子的这封书信，可算是一篇相思之作，但在手法上别有特色。冼星海对妻子的深切眷念之情，没有采取那种如火如炽的热烈语言去歌颂，也没有用优美如诗的句式去抒情，他采取的是一种较为平和的语调和较为舒缓的节奏。同时，冼星海作为一位著名的音乐家，可以说是三句不离本行，在短短的信笺中，抒写那短暂的一个月夜之事，他竟唱了三支歌：《江南三月》《祖国的孩子们》《茫茫的西伯利亚》，至于提到有关音乐的事，那就更多了。

沈尔七

唯今如不抗日救国，民众将永无翻身之日，故儿愿牺牲一切奋斗到底。

作者简介

沈尔七（1914—1942），原名沈庆炬，福建晋江县人，中国共产党党员。1930年到菲律宾工作和学习。"九一八"事变后,积极投入抗日救亡运动。1938年初,率领由华侨组成的"菲律宾华侨抗日义勇队"回国参战,编入张鼎丞、邓子恢等领导的新四军二支队。以后,他为筹集资金,支援前线,受党的派遣三次出国。1942年在广东东江地区与敌人激战中壮烈牺牲,时年28岁。

书信内容

慈母亲:

来信敬悉,儿平安,勿念。

儿为了革命——抗日救国,多年未寄分文到家,致母亲生活更苦,心殊不安。唯今如不抗日救国,民众将永无翻身之日,故儿愿牺牲一切奋斗到底。"家中甚然困苦",不言[可]知,望母亲能以儿为光明事业努力,勿怪儿之不肖,[并]安心教养弟弟。致联溪叔与天渊之信,顺便夹上,乞即设法交予。父亲抵厦,待厦门战事结束后,当即修禀问安,并催促其从速回家一视,祈勿介虑。以后凡关于吾乡征收各种捐税,均各告以儿已回国投效,请其准免征收。

此致
敬请 康安

儿沈尔七叩禀
五月十七日

点评

这是沈尔七于1938年写给母亲的回信。

沈尔七的父亲为菲律宾下层华侨。1930年应父亲之命,沈尔七赴菲律宾马尼拉谋生。全面抗战爆发后,他和菲律宾广大侨胞一道开展各种形式的支援祖国的抗战活动。1938年初,沈尔七率领由华侨组成的"菲律宾华侨抗日义勇队"回国参战。他们一行到厦门后,冲破国民党当局的干涉和阻挠，取道漳州转到龙岩地区参加新四军二支队，随即改名为"菲律宾华侨回国随军服务团"，沈尔七担任团长。该团成为参加新四军的第一支华侨抗日队伍。参加新四军以后，沈尔七战斗勇敢，工作出色，被称为"模范军人"。

沈尔七全心致力于抗日救亡运动，无暇顾及家庭，甚至回国时也未能回乡省亲。在晋江乡下的母亲为生活所困，又十分挂念儿子，乃于1938年春写信探询在抗日前线的儿子，并告诉"家中甚然困苦"。沈尔七写了这封饱蘸革命激情的信，希望母亲可以理解，表达了他为民族解放事业奋斗到底的高尚爱国精神。

赵伊坪

我们不愁吃，不愁穿，官兵生活一样，每月拿很少几个钱作零用。就是当总司令的也不能比别人多拿。

作者简介

赵伊坪（1910—1939），原名廉越，学名石庵，河南郾城县人。1927年加入中国共产党。1937年受中国共产党派遣，进入国民党山东聊城专员保安司令范筑先的秘书处工作。1939年任中共鲁西北党委委员、秘书长兼统战部长。同年遭日寇偷袭，不幸被俘，惨遭杀害，时年29岁。

书信内容

父亲、叔父：

从前寄过两次信，不知收到没有？从前的信是从济南走的，要漂海，要到香港，越过粤汉路、平汉路才能到咱家。一个多月，时间可算很长。有许多话不能一老一实的说，只得装作一个商人口气，其实我是不会做生意的。我住的这个裕鲁当是早就关闭了，现在是我们政治部的机关。政治部有一千多工作人员，有留洋的，有大学生、中学生，都是知识分子，都是从全国各地来的。有许多女同志都是四川、云南、贵州等地来的。大家都是为了国家。我担任政治部的秘书长，波①在十支队担任教导队长，住在冠县。十支队司令是我的一个老朋友。这里有卅几个支队，有五六万人。有很多学校，每一个学校有上千的学生，有很好的报纸，有很好的杂志。我们不愁吃，不愁穿，官兵生活一样，每月拿很少几个钱作零用。就是当总司令②的也不能比别人多拿。几十万老百姓都组织起来了。

我给超、泉两个弟弟去过两信，大约会收到的。我希望他们毕业以后留在陕西工作，最好不要回家。

祖母、父亲、叔父、婶母、母亲都是上年纪的人了，要心怀放宽，保养身体，不要挂念我们。三弟妇新到咱家，要多照顾。莉母女③多操劳点不要紧。我这封信是带到郑州发的，所以敢写得这样详细，以后来信仍写"山东聊城、裕鲁当"，不必写政治部三字。

晓舟明天由冠县来看我，我可以叫他也写封信。

廉④

十一月七日

注释：

①波：指赵伊坪的弟弟赵晓舟。

②总司令：即范筑先，鲁西北地方抗日将领。

③莉母女：即赵伊坪的妻子和女儿。

④廉：即赵伊坪。

点评

这封信是赵伊坪于1938年11月7日写给父亲和叔父的。当时，赵伊坪在鲁西北抗日根据地工作，任政治部秘书长。在信中，赵伊坪详细介绍了革命根据地的情况，描绘出根据地军民踊跃抗日的欣欣向荣的景象，表达了对亲人的殷殷嘱托。

韩子重

> 我需要学习，我需要知识，我需要一个战斗的环境，
> 我要肃清自己的依附、侥幸的思想，我需要活的教育。

作者简介

韩子重（1922—1949），四川长寿县人。1939年加入中国共产党。曾赴山西抗大三分校学习，后任中共川康特委军事系统负责人。1948年在川康地区领导军运，准备武装起义。1949年1月在成都被捕，后转囚渣滓洞监狱。1949年11月27日被杀害，时年27岁。

书信内容

给父亲的信：

为了走的问题，清晨大早，就使你老人家大大的生气，不安得很。同时，更为我指出一两条明显的、解决得更好的路。这，宜乎我不该提出什么来了。但这，我最后还要说几句话。这是我最后的一声呼叫，这时我要写这一封信。

首先我要赤裸裸的说明我的走的问题的提起，这除了我向父亲已经说过了的为了学习，为了彻底锻炼身体而外，还得坦白的补充出，我的走，主要的，还有思想问题在。

我们不会眼睁睁看不见事实：同时，我们也不会是超人。千千万万的血淋淋的故事，不会完全对我们没有一点感觉。

事实是这样，中国社会仅〔尽〕有的是盗、匪、兵、贼、贪污、横暴、梅毒、娼妓、堕落与腐化、荒淫与无耻。欺诈、虚伪、人剥

削人、人吃人、极少数的资本家、地主、统治者，对千千万万人的压榨、剥削、奴役、残害和屠杀。这些，使我不能不产生一种"较激"的思想。因为我是一个人，我也不是聋而且瞎的人。我看见了这些，我也听到了一些。

我要求一个合理的社会，所以我提起了走。我过不惯这样不生不死的生活。我知道，陕北最低限度呼吸是自由的。我知道得清清楚楚的，陕北的一切都不是反动的。

我的走，绝无异想天开的企求。我不想当官，想当官我就进中央军校。我不想侥幸有所成功，我知道天下事没有侥幸成功的。我要想侥幸成功，我就蹲在这儿，依赖父亲了。

西北，是一块开垦中的新地。我们该去那里努力。我们要在努力当中去寻求自己的理想。我知道，我们看见，新西北，是一个开垦中的乐园，自由的土地；这是与世界上六分之一地面的苏联是没有区别的。虽然物质条件不够，但已消灭了人剥削人、人欺侮人的现象了。

我为什么不该走呢？我需要学习，我需要知识，我需要一个战斗的环境，我要肃清自己的依附、侥幸的思想，我需要活的教育。我们看见过去真正够得上说是成功的人物，都不是在御川的教育中训练出来的。可不是，请看一看列林〔宁〕、史〔斯〕大林、高尔基这许多实例。

父亲要我读些踏实的东西，这我百分之百的接受。只是静静的坐下来去研究，这是环境所不允许的吧。在今天能够这样做的，那不是神仙，必然是和尚或者尼姑。我不能够在死尸的身上漫谈王道，我也不能在火燃眉睫的时候还佯作镇静。同时，一个年青〔轻〕人恐怕也不该做一个反常的老人吧！生理学上告诉我们，少年"老成"是病态。国家的青年变成了老年，是这个国家的危机。

我要一个斗争生活，我要一个跋山涉水的环境来训练我的身体。前线的流血，后方的荒淫，大多数的劳苦者的流汗，绝少数的剥削者的享乐，这样多的血淋淋的故事摆在面前，叫我们还有什么闲心、超人的胸襟去静观世变呢！

父亲，请你把你的孩子愉快地献给国家、民族、社会吧。父亲，你知道的，这样的对你孩子的爱护，才是真的爱护。这是给我一个灵魂的解放。

五月四日

点评

这封信是 1939 年 5 月初，韩子重离开成都去山西抗大第三分校前，写给父亲的信。其父韩任民当时是国民党成都军管区副司令兼参谋长。

韩子重的父亲 1926 年考取日本士官学校，学成回国任二十四军炮兵司令部参谋长、旅长、川陕鄂边区绥靖公署参谋长、四川军官区中将副司令兼参谋长。韩子重是家中长子，备受怜爱，他也深知父亲身居要职，自己完全可以走一条享受人生的道路，但为了追求真理，他放弃了一切，毅然出走，体现了他对共产主义理想的坚定信念、对革命事业的执着追求和勇于献身的精神。

王雨亭

但愿你虚心学习，勿忘我平时所教训你的"有恒七分，达观三分"，锻炼你的体魄，充实你的学问，造就一个强健而又智慧的现代青年，将来为新中国而努力奋斗！

作者简介

王雨亭（1892—1967），福建泉州人。1912 年加入同盟会。1919 年后任菲律宾《平民日报》、厦门《民钟日报》经理。1929

年赴日本，入东京东亚学校学习。1937年后在菲律宾办《前驱日报》，任总编辑，并从事爱国抗日工作。1938年加入中国共产党。1946年在香港加入中国民主同盟，并任民盟南方总支部工商委员。1949年陪同陈嘉庚到北京参加中国人民政治协商会议筹备会。新中国成立后，历任国家侨委委员、司长，全国侨联秘书长。是第一至四届全国政协委员。著有《东北印象记》《日本研究》。

书信内容

真儿：

这是个大时代，你要踏上民族解放战争的最前线，我当然要助成你的志愿，决不能因为"舐犊之爱"而掩没了我们的民族意识。别矣，真儿！但愿你虚心学习，勿忘我平时所教训你的"有恒七分，达观三分"，锻炼你的体魄，充实你的学问，造就一个强健而又智慧的现代青年，将来为新中国而努力奋斗！

中华民国廿八年六月四日写于香港旅次

王雨亭

点评

"七七事变"爆发后，全国抗日运动不断高涨，旅居海外的华侨纷纷毁家纾难，踏上归国的路程。1938年5月，旅居菲律宾的王雨亭，送自己年仅15岁的儿子王唯真回国参战。途经香港和儿子分手的时候，在儿子的小笔记本上留下了自己的临别赠言。这封短短的家书，体现了一位父亲对儿子的期望，以及对祖国和人民的热爱。

车耀先

成都警报频来，但我愈跑愈健！

作者简介

车耀先(1894—1946),四川大邑县人。1929年加入中国共产党。早年在四川地方军队中任团长、师参谋长。抗战爆发前后,在成都进行抗日救亡活动和党的统一战线工作,曾任中共川西特委军委委员。1940年3月被国民党特务逮捕。1946年8月,在重庆"中美合作所"集中营被害,时年52岁。

书信内容(节录)

崇英:

抗战又踏上较严重的阶段,就是投降派以反共口号来掩饰他们的由破坏团结,而中途投降的阴谋。因之,专门有人制造摩擦,扩大摩擦。我们在此时期,宜表面沉寂,充实自己;切勿再惹人注意。我呢?就正在这样做呵!

你的诗,是进步了;但有些字句欠熟练。我改了些。然大体是不错的,今天《新民报》已登出。不过有些错字和看不清楚罢了。

现在你在新繁,当然救亡工作较少了。应当趁此机会致力于自然科学。为将来升学、应世,打下一个良好的基础。我以为英、数、理、化是应当弄明白的。我的缺点就在于此。不要单注意社会科学。

成都警报频来,但我愈跑愈健!勿虑!勿虑!

愿你努力进步!

父字
七月十五午后

点评

这封信写于1939年7月,是车耀先写给女儿车崇英的信。当时车崇英是成都协进高中学生,已加入中国共产党,因日军飞机轰炸,迁往新繁。由于她们每次进行抗日宣传都遭到捣乱,心情苦恼,一心想去延安。针对这种思想，车耀先给女儿写了这封信。在信中，车耀先鼓励女儿在这段时间要静下心来，充实自己。在学习时，不但要注意社会科学，也应该注意自然科学，才能更好地为社会服务，体现了一个父亲对女儿的谆谆教诲。

谢晋元

大丈夫光明而生，亦必光明磊落而死。

作者简介

谢晋元（1905—1941），字中民，广东镇平县（今蕉岭）人。1926 年黄埔军校毕业后参加北伐，历任排长、连长、营长等职。抗战爆发时，任国民党政府军第八十八师第二六二旅参谋主任、副团长，驻防上海，率八百壮士孤军坚守上海四行仓库，与日军展开血战，给日军以重创。1941 年 4 月 24 日被害，时年 36 岁。

书信内容

双亲大人尊鉴：

上海情势日益险恶，租界地位能否保持长久，现成疑问。敌人劫夺男之企图，据最近消息势在必得。敌曾向租界当局要求引渡未果，但野心仍未死，且有不惜任何代价，必将谢团长劫到虹口（敌军根据地），只要谢团长答允合作，任何位置均可给予云云。似此劫夺为欲迫男屈节，视此为敌作牛马耳。大丈夫光明而生，亦必光明磊落而死。男对死生之义，求仁得仁，泰山鸿毛二旨熟虑之矣！今日纵死，而男之英灵必流芳千古。故此日险恶之环境男从未顾及，如敌劫持之日，即男成仁之时。人生必有一死，此时此境而死，实人生之快事也。唯今日对家庭不能无一言：万一不讳，大人切勿悲伤，且应闻此讯以自慰。大人年高，家庭原非富有，可将产业变卖以养余年。男二子女渐长，必使其入学，平时应严格教养，使成良好习惯。幼民姊弟均富天资，除教育费得请政府补助外，大人□①应宜刻苦自励不轻受人分毫，男尸如觅获，应归葬抗战阵亡将士公墓，此函俟男殉国后即可发表，亦即男预立之遗嘱也。

男晋元谨上
廿八年②九一八于上海孤军营

注释：

①□：编者注，此字辨不清，留空。
②廿八年：民国廿八年，即公元 1939 年。

点评

这是谢晋元于 1939 年 9 月写给父母双亲的信。信中的内容可分两部分，一是在敌人威逼利诱下，自己抱着必死的决心，坚决做到光明而生，亦必光明磊落而死。二是交代父母子女在他死后的一些后事。在这诀别的字里行间既充溢着一位爱国志士以身许国，威武不屈，死而无憾的浩然正气，也表现了一位爱国军人爱父母爱子女的挚情。

1937 年 8 月 13 日，日本侵略军向上海大举进攻，中国军队奋起反击。10 月 26 日，谢晋元率领八百壮士，据守闸北四行仓库，抗击日寇，孤军坚守四昼夜，浴血奋战，毙敌百余，伤敌无数。10 月 31 日谢晋元率部退入上海公共租界，即被上海租界当局羁禁，日伪军多次利诱，都遭到严词拒绝。鉴于如此险恶环境，恐日后遭敌毒手，谢晋元写下这封家书寄给父亲谢发香、母亲李氏，并将此信作为遗嘱，以表示自己誓死报效祖国的决心。

徐特立

作者简介

徐特立（1877—1968），原名懋恂，字师陶，中国革命家和教育家，湖南善化（今长沙县江背镇）人。徐特立于1911年参加辛亥革命，1927年加入中国共产党，同年8月参加南昌起义。1931年11月当选为中华苏维埃共和国中央执行委员会委员。1934年参加长征。此后，徐特立担任过中华苏维埃共和国临时政府教育部部长、中共中央宣传部副部长、全国人大常委会委员等职。1968年11月28日在北京病逝。著有《徐特立文集》《徐特立教育文集》等。

书信内容

萃英①吾媳：

我快离湖南，你的问题望你最后决定，决定后我好准备怎样帮助你。

目前你总是动摇不定，这很危险。你应该下一个最后的决心，或者结婚，或者不再结婚，及找什么对象结婚，需要一刀两断。你的年龄还轻结婚是应该的，但是不过五六年转眼三十岁了，因此不能不决定。

主要的不是择财产，不是择地位，是择前进的分子，有希望的人，年龄相差不远，性情相当的厚道，不致轻于弃妻，这就是足够的条件。你要知道，你择人，人也择你，结果还是女子受损失。

你的求学问题与婚姻问题有密切关系，如果准备终身不结婚，那末，就需要学一项专门职业；如果准备结婚，那末就不能不与夫同居就近学习。

你虽然不是我的儿女，但你却是我家的母亲，你有玉儿②在此，永远与我们是有骨肉关系。并且你比陌青③更为可怜，夫死再婚比陌青的婚姻问题更不易满意，因此我更关心你的问题。你是否回桂林，如回桂林我与你面谈，如不回桂林，你把你的要求告诉自申④同志。

特立

十一月十日

注释：

①萃英：即刘萃英，徐特立的儿媳，后改名徐乾。

②玉儿：指刘萃英和徐厚本的女儿徐玉，后改名徐禹强。

③陌青：指徐陌青，徐特立的女儿。

④自申：指王自申，当时在八路军桂林办事处工作。

点评

这是徐特立写给儿媳刘萃英的家书，写于 1939 年，也就是儿子徐厚本逝世一年多的时候。在信中，徐特立教育刘萃英要正确地对待婚姻和学习的问题，希望她再婚和求学，表达了一个革命长辈的豁达精神。

刘萃英于 1931 年和徐厚本结婚。1938 年春，夫妇双双赴延安，入陕北公学短期训练班学习，毕业后又回湖南工作。不料此年夏天，徐厚本不幸病故，留下一个女儿徐玉。这对年轻的刘萃英来说，无疑是一个巨大打击。对于这位不幸的儿媳，徐特立倾注了极大的爱心，视为自己的亲生女儿，并为其改名为徐乾。在改名的题词中，徐特立写道："乾儿原名萃英，系华而不实的女姓名。她却外柔内刚，颇有独立性。我以为她有其祖父的倔犟性。希望她发扬这一倔犟性，因而字之为乾。"

徐特立是著名教育家。他多次写信给刘萃英，从思想上、生活上、学习上关心她成长，教育并引导她走向革命道路，使其再一次赴延安参加革命，从一个普通的家庭妇女，逐渐成长为一个共产党员。

许晓轩

作者简介

许晓轩（1916—1949），江苏江都县人，1938年加入中国共产党。1939年春在重庆，以中华职业教育社会计为掩护，任中共川东特委青委宣传部长，兼《青年生活》杂志发行人。后调任重庆新市区区委委员。1940年4月被反动派逮捕，囚禁在贵州息烽和白公馆集中营，历时9年。在狱中，他坚持同敌人进行斗争，是狱中党支部负责人。1949年11月27日殉难，时年33岁。

书信内容

三妹：

一日的信早就收到，因为懒吧，一直未复信。

十七日我回家去，昨天刚来重庆。几次警报都算未尝着壕内滋味。

上次说过的《子夜》今天寄给你。这书很好，虽然故事旧了些，不适合目前环境。但是它还是可以告诉你一些中国社会里各种代表人物：工人、老板、革命青年、乡下土劣、诗人教授、少爷、小姐……是怎样在过生活。从这里可以看出中国社会是怎样组成的。中国的厂主是怎样一方面走到买卖的路上去，一方面帮助洋人来压迫自己人。中国的工人是怎样的在双层——国内和国外的压迫下生活着。中国的农村是怎样在穷下去。而都市又是怎样的在畸形发展。这是一幅半殖民地的写生画。它是"九一八"以前中国社会的艺术描写，读起既不生硬、枯燥，而又实〔深〕刻。读了它虽不能了暸整个中国——尤其是抗战以来的情形。但是对于了暸中国社会的本质有很大帮助。当然在这书里还只是具体的生动的告诉你一些事物。而这些事物——公债投机与农村破产的原因是从何而来，在这书里虽也有些提到，但是靠这本书是不够的。要懂得社会发展的规律——事物发展的来原［源］，需要读些社会科学方面的书。关于中国问题，有两本书可读：一、中国怎样降到半殖民地的；二、中国近代革命运动史，这两书我都有，以后可寄给你。

中华职教社是一个办职业教育的社团，过去只在上海办事业，抗战后迁来重庆，并在桂林、昆明、贵阳等处设办事处。除了在重庆办了一个职业学校以外，各地都办职业介绍，补习教育，社会服务等事业。我现在总办事部担任会计工作。因为事情空，故兼帮做社会服务工作。进社来偏重于整理旧账，别的工作还未开始。在此生活很上轨道，很好。

有空长通信！

即祝

学安

兄轩

十二、廿一晚

点评

这封信是 1939 年 12 月许晓轩在重庆中华职工教育社写给其三妹许永清的。在信中，许晓轩主要介绍了《子夜》这本书，并向三妹宣传革命道理，体现了一个兄长对妹妹的循循善诱。

许晓轩是长篇小说《红岩》中许云峰、齐晓轩等人物形象的生活原型。他 1940 年 4 月不幸被捕，辗转关押于白公馆看守所、贵州息烽监狱。狱中凭着对党的无限忠诚和机智勇敢，许晓轩多次挫败敌人阴谋。在息烽监狱时，他和罗世文、车耀先、黄显声等一起反对狱方制定的“连坐法”，取得胜利。在白公馆时，与李子伯一起积极进行越狱准备工作，狱中难友宣灏传看狱中挺进报时，被特务发现毒打，他挺身而出，掩护宣灏。1949 年 11 月 27 日，许晓轩在敌人的大屠杀中遇害，临刑前高呼“中国共产党万岁！”随后英勇就义。

符 克

> 我们是一个平常的人，倘不敢冒险前进，寻求出路，是不会有光明之日的。

作者简介

符克（1915—1940），又名家客，华侨，1915年出生于文昌县昌洒区东太山村。1933年，侨居越南，任小学教员。1938年春进延安陕北公学学习，并加入中国共产党。同年秋，受派到越南发动华侨支援祖国抗日，任越南琼崖华侨救国会常委。1939年，组织并带领越南"琼侨回乡服务团"返琼抗日。1940年8月，敦请国民党琼崖当局团结抗战，被敌人秘密杀害。

书信内容

亲爱的双亲、大哥嫂和弟弟们：

你们别挂心吧！我已于五日早上安然抵家了。回忆前日我们共聚一堂，这是何等难得的机会共叙天伦的乐趣。如今，我孤零零一个人，远离了你们回到祖国来，踏上艰险的程途中去，未免使你们难舍与挂念的。只是我也是一样的。不过，我为了自己的前途谋出路，我不得不放下一时的感伤，所以，说来我的心肠总是比你们粗一点的，硬一点的。幸得你们了解我的归意与决心！故能在那经济拮据与多事的环境中供给川资我回来，这是值得我特别感谢的！

我此行，虽然是预备在艰险的环境中度过生活的。当然是使得你们担心的。不过，我是大了的人，同时也是受过相当教育的人，无论如何，我总会设法顾全生命的安全。你们时常说危险，不肯我归来，你们的意想是对的。不过，你们要明白，我们是一个平常的人，倘不敢冒险前进，寻求出路，是不会有光明之日的。我感觉到像我这样的人，能够跟这个伟大的时代向前走，虽不敢说将来一定有出路有办法。但，对于自己的训练是有很大裨益的，我认清了这点，所以我透视生死的问题并不是首要的，也可以说是生命必经的过程的平常的一回事。那么以后不必挂心我了。我只希望你安心地去作你们的事业与工作，以谋发展你们各自的前途。这样，我相信我们的家庭终有光明的一日。

我现暂住香江，静待消息。数日后决定上省城去。以后的去向，目前尚难决定。最好当然是希望到内地去，设如不可能，或许在省城参加救亡工作也不定。以后你们寄信来我，地址请写：广州拱日西路129号梁刚先生转便妥！

秀兄、张兄、瑜弟、锦侄、存姐……诸位送我川资与吃品，甚感谢！

恕我没有空来分别来写吧！完了！

此请

健康！

客谨上

海南岛是中国著名侨乡，琼崖侨胞素有爱乡助乡的传统。这封家书的作者就是琼侨回乡服务团的首任总团长符克。总团在符克的领导下，分成若干工作队，在文昌、琼山等地开展抗日救亡宣传活动，组织战地救护、救济难民和为农民群众送医药等工作，为抗战做出了巨大贡献。

1939 年 2 月，日军入侵海南岛，符克率领 40 余名旅越琼侨进步青年回琼参加抗战。1940 年 8 月，为了敦促琼崖国民党当局团结抗日，符克挺身而出，不顾个人安危，带着"总会"的公函和慰问品，与国民党琼山县参议、琼山县第三区区长韦义光（中共地下党员）到定安县翰林墟会见守备司令王毅、专员吴道南，晓以团结抗日之大义，并商谈慰劳孤岛抗战物资的分配和加强琼崖国共合作避免内战等问题。吴道南却命令手下在符克、韦义光返回的路上将他们杀害，制造了轰动海内外的"符韦血案"。符克牺牲时，年仅25 岁。

黄显声

我现在虽然坐牢，并未犯法，是为团体、为国家、为义气而坐牢，问心不愧。将来生死存亡在所不计！

作者简介

黄显声（1896—1949），辽宁岫岩人。著名的爱国民主将领。曾任东北军骑兵二师师长、53 军副军长。全面抗战爆发后，响应中国共产党的号召，准备到华北打游击，未及成行，就于 1938 年在武汉被国民党逮捕，先后囚于贵州息烽监狱和重庆白公馆监狱达 11 年。1949 年 11 月 27 日就义于步云桥，时年 53 岁。

华儿如晤:

六月十八日信已收到,家中情形早在我想相 [象] 中,有那一群混蛋在侧,那 [哪] 会有好事作出!你既门已能出去独立做事就狠 [很] 好,家中仅 [尽] 他们搞去把 [吧],这种年头财产是无所谓的,我要能出去,剩下来的你也不会没份。至于你的生身母,她是自作自受,也是我一生最痛心的一件事情。

至于你在那,当好好做事,安分守己。钱不足用时,就来信,我好叫家中寄给你。我那些旧同厂,你当以长辈对他们。他们不会对你错的,并且你代我问候他们,说我在这尚好。我现在虽然坐牢,并未犯法,是为团体、为国家、为义气而坐牢,问心不愧。将来生死存亡在所不计!

何司令那,因为他这样关照你,我另有信向他致谢。

此问

　　近祺

　　　　　　　　　　　　　父启六、廿二

点评

这封信于 1940 年 6 月 22 日写于贵州息烽监狱,是黄显声写给儿子的。

1936 年 12 月 12 日,西安事变爆发。黄显声马上表示拥护,支持张学良、杨虎城"迫蒋抗日"的军事行动。张学良送蒋介石到南京后被囚禁,黄显声等人为营救张学良而奔走呼号,但毫无结果。经周恩来介绍,黄显声准备以中共特别党员的身份到延安组建新东北军,不幸被国民党方面扣押,从此开始了 11 年的拘禁生活。

在被扣押的 11 年时间里,黄显声从不屈服,坦然自若。这从他给儿子的信中可以看出来,"我现在虽然坐牢,并未犯法,是为

团体、为国家、为义气而坐牢，问心不愧。将来生死存亡在所不计。"

特务机关曾多次审讯他，企图从他身上多找些材料，但都被他严词驳斥。他先后被关押在武汉稽查处、湖南益阳、贵州息烽，最后被押送到重庆中美合作所白公馆看守所监禁，使他在肉体和精神上都受到了极大摧残。但他宁死不屈，经常对狱中难友说：咱们要"虎入笼中威不倒"。在狱中，他曾让人抄写几十首爱国诗人陆游的诗词，以作为精神寄托。当他读到"夜视太白收光芒，报国欲死无战场"时，竟悲愤得放声大哭。他沉痛地说："我们现在和南宋一样，是秦桧当权，岳飞被杀。"

抗战期间，共产党曾多次组织营救黄显声，但都没有成功。他多次被秘密转移，外界对他知道得极少。他的旧部下也曾要救他逃出去，但遭到拒绝，他说："我是被暗中抓来的，是无罪的，是蒋介石他们卑鄙所致，要光明正大地出去。"1949年11月，重庆解放前夕，黄显声被蒋介石在步云桥暗杀。

金方昌

我没有想过我再会活，也决不会活，我只有死。不过我在死前一分钟都要为无产阶级工作。

作者简介

金方昌（1921—1940），山东聊城县人。中学时积极参加抗日救亡运动。1937年七七事变后，到山西抗日民族大学学习。1938

年加入中国共产党，任中共山西代县县委委员、县委宣传部副部长。不久调任中共代县城关区委书记。1940年11月23日，因叛徒告密，被日伪逮捕，经严刑拷打，仍坚贞不屈。12月3日惨遭杀害，年仅19岁。

书信内容

永昌、默生胞兄：

我于二十九年十一月二十三号在代县大西庄村被敌捕。临捕时以手枪向敌射击，弹尽将枪埋藏后拼命北跑，敌有骑兵追上被捉。我高呼中华民族解放万岁，并向敌伪讲演。

我在敌人的牢狱里、法庭上、拷打中、利诱中始终没有半点屈服、惧怕。我在被捕后，没有丝毫悲伤。我只有仇恨和斗争。我知道我是为了民族的解放、全人类的解放而牺牲。我在牢狱里向这些罪人工作着。我没有想过我再会活，也决不会活，我只有死。不过我在死前一分钟都要为无产阶级工作。

我要求哥哥们：

一、能坚决为无产阶级革命奋斗到最后胜利的时候［·刻］。这不仅是你们要有这种人生观，能为这种事业干，并且得把自己锻炼成像列宁、斯大林、毛泽东一样会运用马列主义到实际中去。这样才能使自己坚持到无产阶级革命成功的时候。这里边还有这样希望，就是希望你们能在快乐的幸福的共产主义社会里生活。最后希望到那时候你们还存在。

二、要求哥哥们能把咱们弟弟侄侄们都能培养成无产阶级的革命战士。尤其是把七弟（尔昌）能培养成坚强的革命伟大人物。

哥哥们永别了！祝你们健康，致最后敬礼！

你的弟弟写于敌人的木牢

十二·二

这封信是金方昌于 1940 年 12 月 2 日在狱中写下的遗书。他写下遗书的第二天就英勇牺牲了。遗书由同牢的大西庄村长带出。

当时，金方昌担任中共代县县委委员。1940 年 11 月 23 日，金方昌在城东北赤土沟一带顺利完成督送公粮任务后，夜宿大白庄西山洞，被敌探告密，被捕入狱。在狱中，面对日寇利诱、酷刑，威武不屈，被敌人挖掉一只眼球，砍掉一条胳膊，仍坚持斗争，蘸着自己的鲜血在墙上写下了"严刑利诱奈我何，额首流泪非丈夫" 14 个大字，鼓励战友迎接最后的斗争。12 月 3 日，金方昌从容就义。为永久纪念金方昌烈士，晋察冀边区政府颁布命令，将烈士生前战斗过的大西庄村改名为"方昌村"。

何功伟

而奈儿献身真理，早具决心，苟义之所在，纵刀锯斧钺加颈项，父母兄弟环泣于前，此心亦万不可动，此志亦万不可移。

作者简介

何功伟（1915—1941），又名彬、斌、明理，湖北咸宁人。1936 年加入中国共产党。曾参加全国学联的组织领导工作。抗日战争爆发后，任青年抗日救国服务团组织部长，中共湖北省工委农委委员、武昌军委书记，鄂南、鄂西特委书记，并创建了鄂南游击队。1941 年 1 月因叛徒出卖被捕入狱。同年 10 月 17 日在恩施英勇就义。

书信内容（节选）

给父亲的遗书：

儿不肖，连年远游，既未能承欢膝下，复不克分持家计。只冀抗战胜利，返里有期，河山还我之日，即天伦叙乐之时。迩来国际形势好转，敌人力量分散，使再益之以四万万人之团结奋斗，最后胜利当不在远，不幸党派摩擦，愈演愈烈。敌人汉奸复从而构煽之，内战烽火，似将燎原，亡国危机，迫在眉睫，"此敌人汉奸之所喜，而仁人志士之所忧"［张一麐先生语］。新四军事件①发生之日，儿正卧病乡间。噩耗传来，欲哭无泪。孰料元月二十日，儿突被当局拘捕，锒铛入狱，几经审讯，始知系因为共产党人而构陷入罪。当局正促儿"转变"，或无意必欲置之于死，然按诸宁死不屈之义，儿除慷慨就死外，绝无他途可循。为天地存正气，为个人全人格，成仁取义，此正其时。行见汨罗江中，水声悲咽，风波亭上，冤气冲天。儿蝼蚁之命，死何足惜！唯内乱若果扩大，抗战必难坚持，四十余月之抗战业迹［绩］，宁能隳于一旦！百万将士之热血头颅，忍作无谓牺牲！睹此危局，死后实难瞑目耳！

微闻当局已电召大人来施，意在挟大人以屈儿，当局以"仁至义尽"之态度，千方百计促儿"转向"，用心亦良苦矣。而奈儿献身真理，早具决心，苟义之所在，纵刀锯斧钺加颈项，父母兄弟环泣于前，此心亦万不可动，此志亦万不可移。盖天下有最丰富之感情者，必更有最坚强之理智也。谚云："知子莫若父。"大人爱儿最切，知儿亦最深。曩年两广事变发生之时，正敌人增兵华北之后，儿为和平团结，一致抗日而奔走号泣，废寝忘餐，为当局所不谅。大人常戒儿明哲保身。儿激于义愤，以为家国不能并顾，忠孝不能两全，始终未遵严命。大人于失望之余，曾向诸亲友叹曰："此儿太痴，似欲将中华民国荷于其一人肩上者！"往事如此，记忆犹新，夫昔年既未因严命而中止救国工作，今日又岂能背弃真理出卖人格以苟全身家性命？儿丹心耿耿，大人必烛照无遗。若大人果应召来施，天寒路远，此时千里跋涉，怀满腔忧虑而来；他日携儿尸骸，抱无穷悲痛而去。徒劳往返，于事奚益？大人年逾半百，又何以堪此？是徒令儿心碎，而益增儿不孝之罪而已。

不孝儿功伟狱中跪禀
三十年二月十九日②

注释：

①新四军事件：即1941年1月6日国民党反动派企图消灭抗日武装力量，围截新四军的皖南事变。

②三十年二月十九日：指民国三十年（1941年）二月十九日。

点评

这封信写于1941年2月19日。1941年初，中共鄂西特委书记何功伟，由于叛徒出卖，被捕入狱。为了瓦解何功伟的斗志，敌人电召其父来狱做劝说工作，妄图以父子骨肉亲情来动摇何功伟的革命信念。何功伟得知这个消息后，写下这封信，向父亲表明心迹。

"忠孝不能两全"。古往今来，多少仁人志士、民族英雄，在慷慨赴难之前，总是面临着两难的选择，但他们为了民族和国家的利益，总是弃一己一家之利不顾，含笑赴死。何功伟写这封信时，也正面临着这两难的情况。这封信以忠孝不能两全为主要命题，围绕着忠与孝这对尖锐的矛盾冲突来展呈全文，无论叙事、抒情、论理都一以贯之。在这尖锐的冲突中，表达出了自己坚贞不渝的革命信念。

褚定侯

　　弟若无恙则兄可勿念，若有不幸则请兄勿悲。古云："古来征战几人回"，并请告双亲勿悲，生死有命，富贵在天。

作者简介

褚定侯（1919—1942），生于浙江莫干山，是黄埔军校二分校17期学生。毕业后先是被分配到了军令部，但他向上级提出要求编入一线部队。于是，他被编入国民革命军陆军第四十一师一二一团任排长，到职不久即参加了第二次长沙会战。1941年12月下旬，参加第三次长沙会战，奉命坚守浏阳河北岸，率部孤军与日寇昼夜血战，直至全排官兵壮烈殉国。

书信内容

浩兄：

如握！

前日寄二书，不知收到否？弟已呈报告与团部，团长未能批准，云此非常紧急之时，不准弟请长假。弟部队已于昨日早晨出发进占阵地，而于昨日下午，师长亲自到弟阵地中侦察地形，改命弟单独守浏阳河北岸之村落据点，命弟一排死守此处，命弟与阵地共阵亡。又云若在此能坚守七天，则可有办法。因此弟于昨日（廿五）晚率部到守地，连夜赶筑工事及障碍物，阵地之后五十公尺处即为大河，河扩水深，无舟无桥，此真为韩信之背水阵矣。本日情报：敌人已达汨罗江，计程三四日后能到此，然前线队伍，能毕力能抵，则能否到此，是为问题。加之本日湘北本年冬首次飞雪，则敌人之攻势，该稍挫缓矣。然吾军各师官兵均抱视死如归之决心，决不让敌渡浏阳河南岸来。弟告部士兵"不要他渡河！"一句话，敌此次不来则已，一来则拼一拼。弟若无恙则兄可勿念，若有不幸则请兄勿悲。古云："古来征战几人回"，并请告双亲勿悲，生死有命，富贵在天，然弟一切自知自爱，务祈兄勿念。

兄上次寄来洋二百元悉数收到，祈勿念。

家中近来有信到兄处否？弟已久无告双亲矣，请能代书告之，云弟安全也。时在阵地，一切不便，故不多作书。

待此次作战后，则弟当入滇谒兄安好也。兄若赐言，仍可寄浏阳军邮第一五〇号四一师一二一团二营六连弟收可也。时因北风雨雪交加，关山阻绝，希冀自爱，余不一一。

即请

冬好

侯弟拜上

十二、二七

点评

这是褚定侯于 1941 年 12 月 27 日写给哥哥褚召南的家书。1941 年 12 月，日军调集 5 个多师，12 万余兵力，对长沙发动了第三次进攻。当时，褚定侯率全排官兵奉命坚守浏阳河北岸，阻敌南犯。在与日本即将开始决战前，褚定侯提笔给哥哥写了这封家书。发出这封家书后不久，日军就进至浏阳河一线，褚定侯率部与日寇昼夜血战，在前有顽敌、后无援兵的困难情况下，战至全排官兵壮烈殉国，实现了"与阵地共存亡"的遗愿。

左 权

可惜三个人分在三处，假如在一块的话，真痛快极了。

作者简介

左权（1905—1942），字叔仁，湖南省醴陵市人，是中国工农红军和八路军高级指挥员，著名军事家。1925 年加入中国共产党，并于同年前往苏联留学。1930 年回到上海，进入闽西苏区。1933年任红一军团参谋长。参加了长征。日军全面侵华战争爆发后，任国民革命军第八路军副总参谋长。1938年，指挥取得长乐战役的胜利，彻底粉碎了日军的九路围攻，奠定了晋冀鲁豫根据地的基础。1940年协助彭德怀全力投入百团大战指挥。1941年取得黄崖洞保卫战的胜利。1942年5月日军展开大扫荡，在指挥作战中不幸中弹牺牲，是八路军在抗日战场上牺牲的最高指挥员。

书信内容

志兰①：

就江明同志回延之便再带给你十几个字。

乔迁同志那批过路的人，在几天前已安全通过敌之封锁线了，很快可以到达延安，想不久你可看到我的信。

希特勒"春季攻势"作战已爆发，这将影响日寇行动及我国国内局势，国内局势将如何变迁不久或可明朗化了。

我担心着你及北北②，你入学后望能好好地恢复身体，有暇时多去看看太北，小孩子极需人照顾的。

此间一切如常，惟生活则较前艰难多了，部队如不生产则简直不能维持。我也种了四五十棵洋姜，还有二十棵西红柿，长得还不坏。今年没有种花，也很少打球。每日除照常工作外，休息时玩玩扑克与斗牛。志林③很爱玩牌，晚饭后经常找我去打扑克，他的身体很好，工作也不坏。

想来太北长得更高了，懂得很多事了，她在保育院情形如何？你是否能经常去看她？来信时希多报道太北的一切。在闲游与独坐中，有时总仿佛有你及北北与我在一块玩着、谈着，特别是北北非常调皮，一时在地下、一时爬着妈妈怀里，又由妈妈怀里转到爸爸怀里来闹个不休，真是快乐。可惜三个人分在三处，假如在一块的话，真痛快极了。

重复说我虽如此爱太北，但是时局有变，你可大胆按情处理太北的问题，不必顾及我。一切以不再多给你受累，不再多妨碍你的学习及妨碍必要时之行动为原则。

志兰！亲爱的，别时容易见时难，分离二十一个月了，何日相聚？念、念、念、念！愿在党的整顿之风下各自努力，力求进步吧！以进步来安慰自己，以进步来酬报别后衷情。

不多谈了，祝你好！

> 叔仁
>
> 五月二十日晚

有便多写信给我。

又自本区开始扫荡，明日准备搬家了，托孙仪之同志带的信未交出，一同付你。

注释：

①志兰：左权妻子刘志兰，1917 年生于北京，1992 年去世。

②北北：左权唯一的女儿左太北。

③志林：即刘志林，左权妻子刘志兰的弟弟。

点评

这封信的写作时间是 1942 年 5 月 20 日，是左权殉难前写给爱妻刘志兰的最后一封信。

1942 年 5 月，日军对太行山革命根据地进行了残酷的大扫荡。在这次扫荡中，日军专门组建的"特别挺进杀人队"在麻田发现了八路军首脑机关，日军对麻田发动了多次进攻。为保证八路军总部的安全转移，左权不顾危险，亲自指挥战斗。在艰难的反扫荡中，左权给妻子写了这封家书。在这封家书中，透露出左权对刚刚投身革命的伴侣的无微不至的关心与呵护，对刚出生才几个月就相隔两地的女儿的无限牵挂和疼爱，这个沉默刚毅的军事指挥员在家书中一变而为慈父，字里行间凝结着对女儿冷暖关爱的骨肉亲情。5月25日，左权在指挥队伍突围时英勇牺牲。

彭雪枫

诚实是虚伪的反面，为古今中外所共认的美德。我辈应以此二字共励共勉。

作者简介

彭雪枫（1907—1944），河南镇平县人。1926年加入中国共产党。1930年起，历任中国工农红军第五军、第八军的大队、纵队政委，第三军团二、四师政委，江西军区政委。曾参加长征。到陕北后任红一军团第四师师长。抗日战争爆发后，任八路军总部参谋处长兼驻晋办事处处长。1938年组建新四军游击支队任司令员兼政委。1939年任八路军第四纵队司令员。1941年任新四军第四师师长。1944年9月11日，在河南夏邑八里庄战斗中牺牲，时年37岁。

书信内容

群：

古人有句话叫做"士别三日即当刮目相看"，缘故是他在不断地转变着。这是很合乎辩证法的。看了你的这次来信，证明你在思想上又进了一大步，那就是你的克己功夫，能够克制自己，而且也不是盲目的或冲动的，而是经过了一夜之间的"矛盾的斗争"，终于胜利了。贤妻有此进步，愚夫理当祝贺的啊！

关于交友——待人接物问题，根据来问，答复如后：你说对待比自己强的同志已毫无妒意，并能以诚敬之心待之。这当然很难得。尚望你百尺竿头更进一步。

古训中有"精诚所至金石为开"一语。倘我已以诚待人，而人对我仍存戒心者，则首先即应反省自己，看诚得够不够，诚之功夫用得到家不到家？诚实是虚伪的反面，为古今中外所共认的美德。我辈应以此二字共励共勉。一年以来，我在这方面用了不少工夫，最近曾收到了颇大的效果，故我亦为窃以自慰。详情面叙吧。

至于对比自己差些的人，则应于"诚"字之外，再加上一个"耐"字。这首先要从思想方法上着眼，即不要片面地去认识一个人。任何一件事物均有其短亦有其长，有其恶亦有其善，倘能耐心与之接近与之畅叙，必可发现其优点长处，而且在共产党人的立场说，对这些人，更有给予协助的必要，而且在其中亦能学得东西。

你能时刻反省自己，而又能身体力行，这是很好的现象，此亦即裕群之所以为裕群了……

雪枫

一九四二年七月七日

点评

这封信是彭雪枫于 1942 年 7 月 7 日写给妻子林颖的，裕群是林颖的曾用名。1941 年，彭雪枫担任新四军第四师师长，林颖是淮宝（今洪泽县）县委妇女部长。在别人介绍下，两人鸿雁传书很快确立了恋爱关系。1941 年 9 月 24 日，彭雪枫、林颖二人结婚。婚后第三天，林颖就返回淮宝县自己的工作岗位上去了。而此时，彭雪枫的工作地点是在半城。从半城到淮宝，仅隔一个洪泽湖，仅十多个小时的水路，可是在蜜月中，这对新婚夫妻谁也没有过湖探望对方。两人就是通过书信来传达对彼此的思念。彭雪枫和林颖，在信中探讨人生，共同进步。这对抗日烽火中走过来的爱人同志，用一封封情书，谱写了一曲浪漫的战地爱情之歌。

朱　德

　　望你好好学习，将来回来做些建国事业为是。

作者简介

　　朱德（1886—1976），字玉阶，原名朱代珍，四川仪陇人。中国共产党、中国人民解放军和中华人民共和国的主要缔造者和领导人之一，中华人民共和国十大元帅之首，伟大的无产阶级革命家、军事家、政治家、国家的领袖。1955 年，被授予中国人民解放军元帅军衔。1976 年 7 月逝世，终年 90 岁。

书信内容

朱敏女儿：

　　我们身体都很好，朱琦[1]已在做事，高洁[2]还在科学院，兹送来今年上半年的相片两张。你在战争中应当一面服务，一面读书，脑力同体力都要同时并练为好，中日战争要比苏德战争更为迟些结束。望你好好学习，将来回来做些建国事业为是。

朱德康克清

1943 年 10 月 28 日于延安

注释：

①朱琦：朱敏的哥哥。
②高洁：朱敏的表妹。

点评

这是朱德在 1943 年 10 月写给爱女朱敏的家信，饱含着朱德对女儿的牵挂和希望，以及对爱女的思念之情。

1941 年 1 月 30 日，朱德为了集中精力指挥作战，不得不将女儿送往苏联儿童院学习。朱敏到苏联后，因水土不服，引发哮喘，被送到位于苏联南方白俄罗斯明斯克的少先队夏令营疗养。就在这时，德军突然入侵苏联，苏联卫国战争爆发。正在疗养院的朱敏和其他 20 个来自各国的孩子沦为德国法西斯的小囚徒。

在集中营里，朱敏受尽了非人的折磨。她整天面对的是发霉的黑面包，还时不时要目睹法西斯屠杀犹太人的惨状。保护自己的最重要手段，便是对自己的真实身份绝对保密。在集中营里，朱敏从不说一句中国话。因此，几年集中营生活过去，朱敏因为长期的沉默，几乎丧失了语言功能。

可所有这一切，远在中国的朱德并不知道。两年多了，女儿杳无音信、不知行踪。长时间的等待，使朱德对这位唯一的爱女越来越不放心，终于在 1943 年 10 月忍不住给女儿写了这封信。地址还是苏联儿童院。

可是这封来自延安的信在国际邮路上遭受战火的阻拦，无法到达，在苏联边境停留了两个月，最后以"邮路中断，无法投递"的理由退回到延安。

信件被退回来后，朱德内心十分挣扎。他非常想知道女儿的下落，可又不想因为自己的私事打扰战争中的苏联政府。于是，他不再提寻找女儿的事，这封信也被妻子康克清收藏了起来。

朱敏在德国集中营内待了四年，直到 1945 年，苏联卫国战争结束，德国法西斯投降，才有机会寻找自己的父亲。

1946 年 1 月 30 日，朱敏乘坐战后第一列从波兰开往莫斯科的国际列车，抵达莫斯科火车站。当时摆在朱敏面前的是两条路，回国或是继续在苏联求学。虽然很想回国看望父亲，但想起当年离开延安时父亲的叮嘱，她选择了留在苏联。她先在儿童院补习俄文，然后进入中学，到 1949 年读完了苏联十年制的课程，完成了高等中学的教育。之后，朱敏又入列宁师范学院学习。

1950 年，朱敏趁大学暑假回国探望父亲，这距上一次的离别，已经有 10 年之遥。妈妈康克清把这封压在箱底、尘封了 8 年的家信拿给朱敏看。信的纸张已经发黄发脆，但是毛笔书写出来的浓浓墨迹的字里行间，寄予了父亲对女儿的厚望。

邹韬奋

> 但我心怀祖国，惓念同胞，愿以最沉痛的迫切的心情，最后一次呼吁全国坚持团结抗战，早日实行真正的民主政治，建设独立自由幸福的新中国。

作者简介

邹韬奋（1895—1944），原名邹恩润，江西省余江县人，卓越的新闻记者、政论家、出版家。从 1926 年在上海主编《生活》周刊起，毕生从事新闻出版工作。1933 年参加中国民权保障同盟，并当选为执行委员，不久被迫流亡海外。1935 年 8 月回国，积极参加抗日救亡运动，在上海创办了《大众生活》周刊。1936 年 11 月，因积极宣传抗日被逮捕。1937 年全国抗战爆发后获释，创办《抗战》日刊。武汉沦陷后，到重庆创办和主编《全民抗战》。皖南事变后，被迫流亡香港，复刊《大众生活》。香港沦陷后，于 1942 年辗转来到苏北解放区。次年秘密赴上海治疗癌症。1944 年 7 月 24 日病逝，时年 49 岁。

遗　嘱

　　我自愧能力薄弱，贡献微少，二十余年来追随诸先进，努力于民族解放、民主政治和进步文化事业，竭尽愚钝，全力以赴，虽颠沛流离，艰苦危难，甘之如饴。此次在敌后根据地视察研究，目睹人民的伟大斗争，使我更看到新中国光明的未来。我正增加百倍的勇气和信心，奋勉自励，为我伟大祖国与伟大人民继续奋斗。但四五年来，由于环境的压迫，我的行动不能自由，最近更不幸卧病经年，呻吟床褥，竟至不起。但我心怀祖国，惓念同胞，愿以最沉痛的迫切的心情，最后一次呼吁全国坚持团结抗战，早日实行真正的民主政治，建设独立自由幸福的新中国。我死后，希望能将遗体先行解剖，或可对医学上有所贡献，然后举行火葬，骨灰尽可能带往延安。请中国共产党审查我一生奋斗历史，如其合格，请追认入党，遗嘱亦望能妥送延安。我妻沈粹缜女士可参加社会工作，大儿嘉骅专攻机械工程，次子家骝研究医学，幼女家骊爱好文学，均望予以深造机会，俱可贡献于伟大的革命事业。

一九四四年六月二日口述签字

点评

　　这是 1944 年邹韬奋在弥留之际口述的遗嘱。在遗嘱中，表达了为祖国和人民奋斗的理想和因身体原因的力不从心，并且请党中央审查他的历史，要求追认他为党员。

　　邹韬奋逝世后，中国共产党领导下的各抗日民主根据地纷纷举行追悼大会，隆重纪念这位杰出的政治活动家和新闻记者。10月7日，《解放日报》发表了中共中央 9 月 28 日致邹韬奋家属的唁电，追认他为中国共产党党员，并对其一生及其从事的伟大事业，给予了崇高的赞誉和评价。电文写道："韬奋先生二十余年为救国运动，为民主政治，为文化事业，奋斗不息，虽坐监流亡，决不屈于强暴，决不改变主张，直至最后一息，犹殷殷以祖国人民为念，其精神将长在人间，其著作将永垂不朽。先生遗嘱，要求追认入党，骨灰移葬延安，我们谨以严肃而沉重的心情，接受先生临终的请求，并引此为吾党的光荣。韬奋先生长逝了，愿中国人民齐颂先生最后呼吁，为坚持团结抗战，实行真正民主，建设独立自由繁荣和平的新中国而共同奋斗到底。"

荣世正

信仰应该坚定。问题在她所信仰的，是不是宇宙间的真理。

作者简介

荣世正（1922—1949），四川达县人，中国共产党党员。他原是西南联大电机系学生，1945年响应党的"到农村去"的号召，毅然放弃了即将到手的文凭，回乡从事党的地下工作。1948年6月在开县被捕。1949年11月27日牺牲于重庆渣滓洞，时年27岁。

书信内容

哥哥：

昨年你们不时传来大姐卧病的情状，一字一句就如利刃戳刺着我脆弱的心。

只要我的眼睛一闭，大姐的影像便倏然呈现在我的脑里：为了拯救贫困的人，自己刻苦劳作；自己施济，劝人施济。施济一受阻抑，自己变成疯狂。呵，疯狂的心，还不够与日月争光吗？

世界古今几千年，遍览史籍，能够寻得出一位为了救人不遂而疯狂的人吗？安眠吧，大姐！

大姐有慈悲的爱心，刻苦耐劳的精神，孝父母而悌诸弟，爱人类而忧乱世。平生也有一些不当的地方，可是这能说是她的缺点吗？

一个生在封建时代下贫苦旧家庭里的女子，受过几年教育，自己很想自修，而没有自修的材料。所看的是一些什么书呢？《圣谕》书……全载着荒唐的神怪的故事。幼年吃素，长而信神，真诚而坚决相信"神"的存在，这便是她唯一的缺点。

要是她相信神如一般人，并不像她那样认真与坚定，也许在她生平中少犯一些错误，少做出一些愚不可及的事情。

可是她这种对于信仰的坚定与认真，难道是错误的吗？

不，决不！

信仰应该坚定。问题在她所信仰的，是不是宇宙间的真理。大姐所信仰的是"神"，"善书"中荒诞不经的神……只知为善，而不知所以为善；只知救人，而不知彻底救人之方；有圣人之心，而无圣人之才能，这便是她终生的缺点。

三、十一

点评

这封信写于 1945 年。从这封写给哥哥的信中可以看出，荣世正的大姐因为没有正确的信仰，导致了一生的悲剧，表达了荣世正对大姐的无限怀念及痛惜。

荣世正有着坚定的革命信仰。抗战时期，考入达县联中，阅读了大量的进步刊物，积极参加抗日救亡运动。1945 年回到家乡，到达县女中任教师，可以说是边做教师边革命。1945 年，荣世正加入了中国共产党。1946 年，他受党组织派遣到开县工作。在开县中学以教书为掩护，积极从事革命活动。他积极引导帮助青年学生，组织他们办壁报、成立进步剧社，宣传革命思想。同年秋，积极参加开县中、小学教师举行的反对货币贬值、物价飞涨的罢课斗争，直至斗争取得胜利。1948 年 3 月，开县工委成立，他被选为组织委员，协助工委书记杨虞裳，在开县开展学生运动，发展党员，培养了一批积极分子，使开县的革命运动蓬勃地发展。1948 年 6 月，由于叛徒出卖，在开县被敌人逮捕。在狱中受尽各种酷刑，仍坚贞不屈，未暴露组织和自己的身份。不久，被押解到重庆"中美合作所"渣滓洞集中营。1949 年 11 月 27 日夜，荣世正殉难于渣滓洞。荣世正为了自己的革命信仰献出了自己宝贵的生命。

邓　发

如果你真不怕漂流，敢于离开你温暖的家庭，我当然愿同你到海洋，到天空去漂流，像哥伦布一样，一直漂流到理想的新大陆！

作者简介

邓发（1906—1946），别名元钊，广东云浮县人。1922 年参加香港海员大罢工。1925 年加入中国共产党。不久参加北伐战争。1927 年任广东油业总工会中共支部书记。广州起义中任工人赤卫队队长。1930 年，在中共中央六届三中全会上当选为中央委员。1934 年参加长征。到瓦窑堡时，奉党中央指示到苏联参加第三国际会议。1937 年回国，任八路军驻新疆办事处主任。1940 年到延安，历任中共中央党校校长、中共中央职工委员会书记及民运委员会书记等职。1946 年 1 月去重庆参加政治协商会议，4 月 8 日由重庆返回延安途中，因飞机失事遇难，时年 40 岁。

书信内容

碧群弟：

　　三月廿一日信已收到，你希望到大学读书，我非常赞成，而且我一定负责你到大学读书的一切！当我答复你二月十九日来信时，已把目前交通困难情形告诉你了，现在的问题不是能不能送你入大学的问题，实因交通困难，无法叫你立即来。只要交通方便，我当即通知你，请放心！

　　我本想送枝（支）钢笔及名画给你，无奈邮政无法寄，拟待朋友赴港时再托人带给你。以后我陆续先寄些书给你。我不久即赴京、沪，望接此信后，不要再寄信来渝，到京沪后当另告新的通信处给你。

　　你希望我清明回乡扫墓，我也曾这样想过，但交通困难及锁〔琐〕事繁冗，致不能成行，奈何！我虽久别了故乡，但我时刻怀念故乡，留恋故乡。想念着兄弟父老，你说他们也一样怀念着我，这样久他们还没有把我忘掉，真使我感到无限快慰！

　　碧群弟：你虽然未见过我，但你信上所说别人所讲的我大概也差不多了，你羡慕他这样一个漂流的人，你不怕陷于一样的漂流吗？如果你真不怕漂流，敢于离开你温暖的家庭，我当然愿同你到海洋，到天空去漂流，像哥伦布一样，一直漂流到理想的新大陆！我真挚地期待着！

　　祝你

春天快乐！

云 8．4．46
于渝

接信望即告桑熙两兄亦不要寄信来渝，以后直寄京沪新址为盼！

又及

这封信是邓发于 1946 年 4 月 8 日写于重庆。邓发准备于当天乘机飞往延安，行前给堂弟邓碧群写了这封信。1946 年 4 月 8 日下午 2 时许，在由重庆返回延安途中，因飞机失事不幸于山西黑茶山遇难。

周恩来

惟人生赖奋斗而存。

作者简介

周恩来（1898—1976），字翔宇，中国共产党、中华人民共和国和中国人民解放军的主要缔造者和领导人之一。1927 年 3 月领导上海工人第三次武装起义获得胜利；8 月领导了南昌起义。1931 年 12 月进入中央革命根据地。1935 年 1 月在遵义会议上，坚决支持毛泽东的正确路线。1936 年 12 月同蒋介石谈判，和平解决了西安事变。抗日战争时期，长期在武汉、重庆负责党的工作和统一战线工作。1945 年 8 月和毛泽东去重庆，同国民党进行谈判斗争，《双十协定》签订后，率中共代表团留在重庆和南京。1946 年 11 月从南京返回延安。1947 年 3 月国民党军队重点进攻陕甘宁边区时转战在陕北，同年 8 月任中央军委副主席兼代理中央军委总参谋长。1948 年 9 月，参加领导和指挥了辽沈、平津、淮海三大战役。自 1949 年起任中华人民共和国国务院（1949 年至 1954 年间称政务院）总理，直至 1976 年逝世。1949 年至 1958 年兼任外交部部长。历任中共中央副主席、中共中央军委副主席、中国人民政治协商会议主席等党、政、军重要职务。1976 年 1 月 8 日逝世，终年 77 岁。

书信内容

铁仙 [周恩夔，字铁仙] 四哥嫂：

相别几近三十年，一朝晤对，幸何如之。旧社会日趋没落，吾家亦同此命运，理有固然，宁庸回恋。惟人生赖奋斗而存，兄嫂此来，弟处他人檐下，实无可为助。倘在苏北，或可引兄嫂入生产之途，今则只能以弟应得之公家补助金五万元，送兄嫂作归途费用，敢希收纳。目前局势正在变化万端，兄嫂宜即返扬，俾免六伯父悬念。弟正值万忙之中，无法再谋一面，设大局能转危为安，或有机缘再见，届时亦当劝兄嫂作生产计也。

匆匆函告，恕不一一，顺颂旅安，亦祈代向六伯父问候安好为恳。

七弟　拜启

六、十一日

弟妹附笔

点评

这是 1946 年周恩来写给四哥四嫂的信。

当时正是国共谈判期间，中共代表团在周恩来的率领下，随国民党政府迁至南京，同国民党当局进行谈判斗争。陆淑珍（周恩来的嫂子）与丈夫周恩夔从报纸上得知这一消息后，立即乘船从扬州来到南京，探望七弟周恩来和弟媳邓颖超。

周恩夔与周恩来是堂兄弟，从小生活在一起，久别后重逢，都非常高兴。吃过饭后，周恩夔怕影响周恩来工作，便提出要回鼓楼医院旁边的旅馆，周恩来提出晚上再去看他们。

当天晚上 10 点多，周恩来秘书来到旅馆，告诉周恩夔夫妇说周恩来今天不能来了，这里太危险，要他们赶紧回扬州，并且把一封书信和 5 万元（旧币）给周恩夔夫妇。

在白色恐怖的日子里，周恩夔夫妇几次将信笺转移，后来将珍藏了多年的这封家书交给中央档案馆。

杨 杰

　　世道艰苦，奋斗才是出路。幼年不努力，老大徒伤悲。

作者简介

　　杨杰（1889—1949），云南大理人。曾任国民革命军第六军总参谋长，陆海空军总司令部总参谋长等职。1945年，杨杰在重庆与谭平山、陈铭枢等爱国民主人士组织了"三民主义同志联合会"。1949年5月，中共中央通知杨杰赴北平参加中国人民政治协商会议。9月正当杨杰离昆赴港准备北上时，被国民党特务暗杀于香港寓所，时年60岁。

书信内容

兆虎继儿青览：

　　十月十八日来禀诵悉。

　　世道艰苦，奋斗才是出路。幼年不努力，老大徒伤悲。好运气总是落在有本钱人的身上（本钱者，有技术、有学问、有能力之谓）。汝逾而立，奔驰蹀躞，或者有相当的觉悟。今后做事，要立定脚跟，敦品卖力，要谨慎奋发，或可有成。

　　我来月返滇，省视老亲，届时可以良晤，再为详加指导。我是厚望下辈之人个个争气，个个成才。若是不自弃自暴，当然可以提携，一切望自发为要，余容续告。专复即询

　　时佳！

父光手泐

十、廿六

点评

这封信写于 1946 年，是杨杰写给儿子的书信。在信中，杨杰嘱咐儿子要奋发图强，体现了父亲对儿子的一片良苦用心。

杨杰在第二次北伐和中原大战中，历任蒋介石的总参谋长，多次出谋划策，扭转危局。他先后撰写了《国防新论》《军事与国防》等军事论著，被斯大林称为"战略专家"。后来，他走上了民主革命道路，反对蒋介石发动内战，成为反蒋阵线上的一名急先锋，为推翻蒋家王朝积极奔走。为此，蒋介石对他恨之入骨，指令特务在香港对他痛下杀手，使之成为中国人民政治协商会议第一届全体会议代表名单中唯一名字上加黑框的代表。新中国成立后，被中华人民共和国民政部追认为革命烈士。

叶剑英

急进吧！追上那先头出发的人们。

急进吧！再追上一程。

作者简介

叶剑英（1897—1986），原名叶宜伟，广东梅县人，中国伟大的无产阶级革命家、政治家、军事家，中华人民共和国元帅、中国人民解放军的缔造者之一。1920 年起追随孙中山从事民主革命，曾参加两次东征和北伐战争。1927年加入中国共产党。1928年赴莫斯科学习，1930 年回国，参加了长征，1941 年回到延安。1955 年被授予中华人民共和国元帅军衔。1986 年逝世。主要著作编入《叶剑英选集》《叶剑英军事文选》。

书信内容

亲爱的梅儿，爸爸有你而感觉骄傲。

鼓起你的劲儿，踏上你的长路。

这不是日暮途远呀！红日恰在东升。

阳光照着艰险的途程，比起黑夜里摸索，

要便宜得万万千千。

急进吧！追上那先头出发的人们。

急进吧！再追上一程。

那里有广漠无边的地盘，等待你们去开垦。

那里有大批优良的种子，等待着你们去拿回来散播，赶上春耕。

人民要翻身了，许多人已经翻了身。

敌人着慌了，不顾一切地起来做绝望的抗衡。

这是人类历史上最热闹的场面，

急进吧！再追上一程。

我们不是速胜论者。

欢迎你们能够赶上这一场翻天覆地的斗争。

我想你们没有一个是"坐享其成"的人。

你们是铁中铮铮。

点评

这是叶剑英写给女儿叶楚梅的信，写于 1946 年底。当时叶剑英在北平，担任军调处执行部的中共代表，在揭露国民党当局破坏停战、发动内战的阴谋，广泛接触和团结教育爱国民主人士那种紧张而繁忙的工作之余，以热情激扬的文字，表达了慈父对女儿的关怀、教诲和期待。

叶楚梅 1928 年出生在香港。1927 年，在革命最困苦的年代，叶剑英秘密加入了中国共产党，在他和张太雷等同志一起领导的广州起义失败后，国民党到处扬言要捉拿叶剑英。此时，他把妻子和唯一的儿子送到香港秘密安置下来，没等女儿出生，就离开亲人投入了革命斗争。

直到 1937 年，叶剑英负伤回到广东做手术时，9 岁的女儿才被人领去见父亲一面。看着眼前这位正忙着与人交谈的陌生的父亲，幼小的女儿甚至连声"爸爸"也没来得及叫，就又被人带走了。

1945 年，17 岁的叶楚梅几经周折被接到延安，来到了日夜思念的父亲身边。她了解到了父亲的许多事，消除了对父亲的陌生和顾虑。然而，仅过了短短的一个月，父亲便把女儿送到了遥远的东北。慈父疼爱女儿，却没有把她留在自己的身边，而为她选择了一条坎坷不平的光明之路。

吴泽光

一个革命同志为了长期为革命服务，固然要爱护身体，但不能因此而妨碍工作，要有鞠躬尽瘁的精神。

作者简介

吴泽光（1910—1946），广东省潮阳县人。1927 年加入中国共产主义青年团。大革命失败后，失去组织关系。为生计，曾到药店当店员，受尽店主的压榨和柜头的欺侮。后到电信局当报务员，精通无线电技术。1935 年参加红军，曾到红军大学短期学习。1936年加入中国共产党。在延安创办了无线电通讯学校（西安电子科技大学前身）。到抗日战争胜利时，学校共培养了十六期学员。1946 年，因劳累过度病逝。

遗　嘱

一个革命同志为了长期为革命服务，固然要爱护身体，但不能因此而妨碍工作，要有鞠躬尽瘁的精神。

每个干部同志，都要深入下层，与群众打成一片，解决实际问题。我们要把思想打通，首先就要有群众观点。我们要知道：我们是群众中一个普通的人，没有什么了不起，不必骄傲。

点评

这封遗嘱是吴泽光在弥留之际写下的，体现了一个共产党人高度负责的革命精神。

1945 年秋，吴泽光调任晋冀鲁豫军区通讯分局局长。为建立机构、选调人员、购置设备，他从早晨忙到晚上。1946 年，根据战略部署，针对国民党军队发动内战后，沿平汉铁路北犯的企图，冀鲁豫军区从邯郸市迁至武安山区。

在武安，由于过度劳累，吴泽光患了重感冒，发高烧，继而引发剧烈的牙痛。同志们劝他到邯郸市看病，他笑着说："到邯郸看病来回三天，不如在本地治疗，半天时间就够了。"第二天上午，他独自到武安城里一家私人诊所看牙病。返回的路上，步履艰难，10 里路走了 10 个小时。到驻地就倒下了，高烧 40 度至 42 度，两周后逝世，时年 36 岁。他逝世后，许多同志感慨说："老吴是累死的呀！"

李德光

春天已到，最后的寒流已过了。今天太阳已出，我想春暖的日子快到了。

作者简介

李德光（1918—1947），又名李文逸，广东台山县人。1938年加入中国共产党。历任区委书记、广东人民抗日解放军第四团政治处主任、台山人民游击队政委等职。1947年3月16日被捕，4月6日再次受刑时，被国民党反动派用床板活活夹死，时年29岁。

书信内容

姨姨和妈妈等，转香港

吾爱妻、爱女、发伯、陆小姐及其先生暨各远近友好：

我这次不幸受嫌做了囚徒，很难过、可惜。但十日来的囚徒生活，从绳捆到双镣，从三四重哨兵到六重铁闸，从冷酷到温暖……尝到了过去只是口述和文字上得来的滋味，这种体验极其珍贵。

我不是对于生命的挣扎无信心，事实上，世界如此，环境又如此复什[杂]，（被）当做政治犯看的我，当局是特别看重的。虽然是嫌疑而已，但是牵连多，又有族人攻讦，所以即使目前亲属们已在进行营救，但希望是很渺小的，故亦只有抱着"枉死"的目的，心情坦然，因为多想也无用的。

如果真的不幸，就此而死，确是"冤屈"的，因为完全出自意外，至于有价值与意义否，则留待别人来评价了。

姨姨妈妈母亲爱妻这几个人，都是疼爱我而又情感冲动，这几天来一定悲伤至极；如果不幸我有了不测，那更会哭得死去活来。但这是不必的，人死去了非悲伤所能挽回。我的不幸，对于你们虽是少了一件东西，是一重大打击，但并[非]紧要，也没办法，而已不久的将来，大家就会看到我不幸得来的效果，故此请大家收泪化悲伤为希望好了。

我们的宝宝乖而聪明，将来成人，必有用处。我如有不幸，家庭想也会有善处，爱妻也还能自食其力，但小宝宝必要靠友好们的照顾去抚养，因此我希望将来友好们能好好关照她，好好抚养成人。怎样抚养，爱妻自会，就是使她知道她竟会有个这样的父亲，而又是这样的结局。

我希望果真不幸，请友好们将我的书信，生意账目，读书时的心得笔记，搜集来作纪念。

我自己呢？是会明白应该如何去做一个人的，不致自己弄糟自己。

春天已到，最后的寒流已过了。今天太阳已出，我想春暖的日子快到了。

最后，愿大家如愿以偿。

如有机会有个狱中日记给你们的。

你们疼爱的人在台山监狱中
闰二月初二午夜三月廿四 1947

点评

这封信于1947年3月写于广东台山监狱，是李德光写给姨姨和母亲等亲人的书信。李德光在赴任台山人民游击队政委的途中，与敌人遭遇而被捕。在狱中，他受尽严刑拷打，却始终不屈。李德光在这封信中，表明了自己的革命心志，为了理想不惜牺牲自己的生命，同时，也为自己的身后事做了交代，安慰亲人不要因为自己的离开而难过，体现了大义凛然的革命精神。

陈振先

"人生自古谁无死，留此［取］丹心照汗青"。我觉得这当是我们的无上光荣与慰安。

作者简介

陈振先（1922—1947），福建省福清县人，中国共产党党员。在福州市第一中学就读时从事学生运动，被反动当局追捕离开学校到闽中游击队，担任闽中地委委员、游击队负责人等职。后因叛徒告密，不幸被捕。1947年10月英勇就义，时年25岁。

书信内容

亲爱的母亲与弟妹们：

我知道你们为了我的缘故是洒下不少辛酸之泪滴了，但，这完全是多余，而且是不应该的了。"人生自古谁无死，留此［取］丹心照汗青"。我觉得这当是我们的无上光荣与慰安。目前虽是黑暗重重，然这正是黎明前的象征，请你们安心地等待着吧！度过了这冷的严冬，春天一定就会来到人间了！

心妹的小宝宝可好？我很爱他哩！愿上帝祝福他，聪明的孩子！那么再见了！

我亲热地握紧了你们的手！

细哥[①]

于道山路羁押所

注释：

①细哥：即陈振先。

点评

这封信是1947年陈振先在狱中写于草纸上的，是他给母亲与弟妹们的遗书。信通过一位被他争取过来的看守人员送交给他的母亲。

陈振先的家庭是一个革命家庭，兄妹五人先后走上革命道路。1947年5月，陈振先因叛徒出卖，在福州被警察伏捕，囚禁在道山路敌保安司令部羁押所。在狱中，他经受多次刑讯，始终没有暴露党的机密。受刑之后，每每吟诗作赋，抒发革命豪情。罹难前，他给母亲与弟妹写了一份遗书，以"人生自古谁无死，留此（取）丹心照汗青"来安慰亲人，不要悲伤。1947年10月，他被杀害于长乐蕉岭。

许柏龄

> 告诉他们，他的弟弟为人民光荣的牺牲了，希望他们继续努力！

作者简介

许柏龄（1918—1947），号巨年，河北饶阳人。在青年时代就立下了"头可断，血可流，坚决不做亡国奴"的誓言。1937年"七七事变"后，参加了抗日纵队，担任过指导员和文化教员，1938年加入中国共产党，后随军西征。1943年在延安三五八旅骑兵营任政治教导员和总支书记。1947年在攻打三岔湾的战斗中英勇牺牲，时年29岁。

书信内容

妈妈：

你别难过，你是光荣的，因为你有这样一个对人民忠实的儿子。妈妈：大哥、二哥、三哥，都参加了革命，这是妈妈的光荣，妈妈是革命的母亲。告诉他们，他的弟弟为人民光荣的牺牲了，希望他们继续努力！

祝妈妈

健康

儿柏龄

一九四七年七月三十一日夜

于子长

点评

这封信是许柏龄在 1947 年 7 月参加攻打三岔湾战斗的前夜，给母亲写下的遗书，他已做好了在战斗中牺牲的准备，表达了视死如归的革命气概。

抗战胜利后，国共两党矛盾很快上升为中国社会的主要矛盾，由此展开了两种命运、两条道路的大搏斗。1947 年夏，人民解放军由于战略需要，确定了"攻榆打援"的战役计划，对驻守榆林的邓宝珊部采取军事行动。

首先发生的是三岔湾战斗。8 月初，人民解放军向榆林做战略运动。邓宝珊决定把驻鱼河堡、米家园子、归德堡的徐保部八二团向城内集中，除神木驻军外，其他外围据点一概放弃。8 月 6 日清晨，邓部向榆林集中的部队有一部分被人民解放军在三岔湾公路上截获，即八二团一个营和一批辐重；新十一旅二团两个营则在人民解放军猛攻下退回三岔湾。此时三岔湾战斗打响，邓部未及行动的两个营被人民解放军从正面包围了。战斗至下午 3 时，四个营全部被歼。三岔湾的战斗后，榆林便处在了人民解放军的包围之中。

杜斌丞

彼独裁暴力，虽能夺我革命者之生命，绝不能阻挠人类历史之奔向光明，终必为民主潮流所消灭也。

作者简介

杜斌丞（1888—1947），原名丕显，陕西米脂人。早年从北京高等师范学校毕业后，曾任榆林中学校长，从事教育工作。1936 年西安事变期间，任国民党第十七路军杨虎城部总参议和陕西政府秘书长。抗日战争时期，先后在成都、重庆、昆明、西安等地参加抗日救国民主运动。1940年辞去国民党政府的一切职务。次年加入民盟，历任民盟西北总支部主任委员和民盟中央常务委员。因反对蒋介石独裁统治，1947年3月被国民党政府逮捕。同年10月7日在西安被害。

书信内容

建白弟鉴：

近日此间情况恶化，事急时迫，未知前致居恭①之函，已否转达？兄困幽数月，诸病交作，日益沉重，自想三十年来，无日不为民主而奋斗！反动诬陷，早在意中，个人死生，已置度外。彼独裁暴力，虽能夺我革命者之生命，绝不能阻挠人类历史之奔向光明，终必为民主潮流所消灭也。惟望人民共起自救，早获解放自由，则死可瞑目矣。请转告诸生至友，共同努力，以期实现合理平等之社会国家，则公理正义，自可伸张于天地之间。居恭遭遇至苦，弟应多去照料，并通知鸿模②，此时不必返陕，良民③随兄受害，令人悯痛，现在究押何处？设法营救，为要。呜呼！悲愤交集，言不尽意，吾弟知我最深，务须珍重。信及款袜，均已收到。

兄斌十月五日

注释

①居恭：即高居恭，杜斌丞长子杜鸿范的妻子。
②鸿模：指杜鸿模，杜斌丞次子。
③良民：指杜良民，杜斌丞多年随从，杜斌丞被害后不久，他亦被国民党杀害。

点评

这是杜斌丞在狱中写给表弟高建白的信，写完这封信两天后，即1947年10月7日，杜斌丞遇害，这封信是他最后的遗言。

1947 年 3 月，国民党掀起了内战高潮，在重点进攻解放区的同时，又加紧了对后方民主人士的迫害。当时杜斌丞正任中国民主同盟西北总支部主任委员。3 月 20 日国民党西安当局以"贩卖毒品"这莫须有的罪名，将其逮捕入狱。

　　在杜斌丞写给高建白的这封信中，既有对自己 30 年来无日不为民主奋斗历史的回顾，又有对现实黑暗的严厉鞭挞；既表达了他为民主事业早已将生命置之度外的至死不渝的坚贞信念，又抒发了对光明社会的无限渴望之情。特别值得一提的是，他在生命朝不保夕的时刻，对自己一无所求，所关心的是亲友的艰危处境。尤其是对跟随他多年的随从杜良民倾注了极大的关怀之情，希望家人能设法营救他出狱，体现了一位爱国志士的博大胸襟。

冯和兰

　　　至于我的前途或许是"山穷［重］水尽［复］疑无路，柳暗花明又一村"，如向最坏发展，那亦是"人生自古谁无死，留取丹心照汉［汗］青。"

作者简介

　　冯和兰（1917—1947），女，浙江鄞县人。1939 年加入中国共产党，从事地下党的工作。1947 年 4 月 12 日不幸被捕。同年 11 月 5 日在宁波江北岸草马路英勇就义。

书信内容

妹妹：

　　阔别半载岂仅三秋之感，尤其身入囹圄，度日如年，更会想到家。人非木石，岂能无感！你是我值得惦记的一个，因为父母之希望完全寄托在你的身上，你的身体又是多么孱弱呀！尤其是足疾是否时患，无时不在记挂中，你整天倒［到］晚忙着英文数学，课余时应该多作运动，盼不要做书本的牛马，保重身体吧！

　　我想当你下夜课，在上床的一刹那，彼时在你脑海里定会想着小姐如何地受着人间地狱的折磨。而我呢？在这里唯一的自由——想，尤其在中秋的晚上，"月到中秋分外明，时逢佳节倍思亲"，中秋应该是团圆的象征，但对狱中的犯人，中秋佳节这是残酷的讽刺呀！

　　日来细雨连绵，真有秋风秋雨愁煞人之感慨！"秋到人间格外愁"，时序变换徒然增添愁思，囚犯本来是每天过着秋天多愁的生活，现在真的秋气杀的秋天，莫名的悲哀会无情的袭来，秋给我带来无尽的往事，回忆没有一幕不是甜蜜的，但如今身在井天，每一回忆都成了心海沉重尖锐的创痕，不可磨灭的创痕多是苦痛的结晶，朋友、家人个个映现在我的眼帘，唉！从此只能在回忆里见到他们哩！

　　至于我的前途或许是"山穷［重］水尽［复］疑无路，柳暗花明又一村"，如向最坏发展，那亦是"人生自古谁无死，留取丹心照汉［汗］青。"

　　不过活着一天，就会有一天的希望，希望滋润了狱中枯竭的生活，虽然这盏希望的明灯光线是多么细弱呀！保不住今朝，明晚会突然的吹熄！妹！以上一切不过是久静思动，发发牢骚而已，千万别告知父母，知道了，他们会如何的悲哀与何［伤］感呢！就此匆匆草此祝好。

　　此信托要人寄出！

　　　　　　　　　　　　　　　　　　　　　　小姐和兰上
　　　　　　　　　　　　　　　　　　　　　　十月十九日

点评

这封信写于 1947 年 10 月 19 日，冯和兰在杭州浙江陆军监狱中写好此信，托人秘密带出。

这封信以女性所具有的细腻笔触，描写了身陷囹圄已半载的姐姐对妹妹的无限关怀之情。写这封信时，正是中秋节前后。秋天是多悲多思的季节，冯和兰借景抒情，来表达她对家庭和妹妹的挚爱。然后笔锋一转，用古代诗句来展现她对自己将来的前途的看法：一是"山穷[重]水尽[复]疑无路，柳暗花明又一村"，这是一种对生之希望，尽管这希望之灯随时会熄灭，但正是这希望滋润了狱中干枯的生活，反映了冯和兰对生命的无限热爱；二是"人生自古谁无死，留取丹心照汉[汗]青"。这说明冯和兰已抱着必死的决心，随时准备献出自己宝贵的生命。写完这封信后不到一个月的时间，冯和兰就壮烈牺牲。

张学云

> 我觉得"理想"是人生最有价值，最富于吸引力的东西，"理想"是我们生活的原动力。

作者简介

张学云（1922—1949），又名张帆，四川越西县人。1943 年从国民党中央军校成都分校毕业后，因组织"力行学社"，倡导孙中山三大政策而坐过三天监狱。1947 年冬加入中国共产党。1948 年 6 月，受党派遣去罗广文部三三二团三营七连任连长。1949 年 1 月因叛徒出卖，在泸县被捕。1949 年 11 月 27 日牺牲于渣滓洞，时年 27 岁。

书信内容

力生亲爱的：

　　前后一共收到您四封信，它们给与我太多的安慰，和无尽的快感的回味。尤其是昨天到的这第四号（挂号的）信，更使我连［联］想着我们过去的一切蜜蜜的生活。我的舌头也撅紧了，我的浑身的脉膊［搏］都颤动起来了！它暗示的一切，只有我才能够体会到，也只有我和您才能够借喻作我们心弦的共鸣器。我觉得"理想"是人生最有价值，最富于吸引力的东西，"理想"是我们生活的原动力。什么东西能使我们作苦斗的争［挣］扎？什么东西能使我们极富于韧性的拼命？什么东西能使我们快活地毫不灰心地生活在不能算是人的生活的深渊中？我说就是"理想"！亲爱的，您以为是不是？您说过去许多年都被您浪费了，到今天您才认真地学习，认真地奋斗，这是很真实的自白，我很高兴呀。由此足证您已踏上光明的途程，祝贺吧，我俩遥远地互相祝贺吧！我俩同在一块生活的这些年岁，今天追忆起来还是有许多暗影与创痕，而且每一点都曾用过我俩的泪水洗过的。那种不可避免的龃龉，就是发生于我俩个人生活之舟的没有舵叶，您看两只船在大江中行驶。一只是有一定的方向，循着直线乘风破浪地往前赶去。另外一只呢，没有舵叶，没有方向就在江心中横冲乱撞。您说这两只船是多么的烦恼呀。现在可不同了，不仅现在应该说自从近年来吧，您的生活之舟有了舵了，而且大家行驶的方向也一致了。您用尽平生极大的气力，满面香汗淋漓地划着生活之舟从海面赶来，远远地就听着您在嘻嘻哈哈的唱扬您的快乐的生命，有理想有意义的生活。我拚发所有力气耐着心肠不断地往前奔，我用先行的激励的招乎［呼］来打气您，快呀，快呀，不达目的不罢休呀。

可是哟，心爱的，您似乎是希望我停留片刻，等到您赶上来后，我俩好在一只船上同乘前往吗？您是否已经觉得劳累了，或孤独了，需要同在一只船上，让我出力气划着带您走吗？呵，不！这不对的，这就表示您还有些懒惰和依赖！同时，亲爱的，您记住，我们同是在排山倒海的大浪中啦，假如我乏劲，我会退行千里的。俗语说不日进则日退。逆水行舟，我俩应该各自努力才对，反正目标既同，方向不错。只要各自尽力划去，一定就能共同在一点相会，在胜利的那一点相会哟。亲爱的，不要喊我等你吧，为了等您来在一起，我就会倒退千里的。您想，到那时，我们还是仍然不能在一舟快乐呀，奋斗呀，我俩在胜利的地方相会吧！果然是胜利地相会了，我紧紧地抱住您，您贴贴地偎住我，我们呼唤千声万声的亲爱，我们急切不停地接吻，我将尽我所有尽我所能地慰劳您。同时也就尽我所想的得到安慰！相片永远地在我身边，请放心。这是我离开您第一封长信，也是您所渴望的东西吧？最后要叮嘱您，不要在思念中损毁健康，没有健康就没有力量渡到目的地。

即祝

您的健康和愉快

竹行七、卅一上

来信不要写得太明显。

大哥处不能去，希望设法把我的心思请人转交或写信告他。

来信交在孔公馆荀德臣交转。这封可以回信，以后住不久。

点评

这是张学云写给妻子力生（即余显容）的信，于1948年7月31日写于罗广文部。当时，张学云打入该部——一师三二二团三营七连当连长，进行策反工作。他得知妻子走上革命道路的佳讯，次日即回信表示祝贺。

张学云与余显容于 1945 年 10 月步入婚姻殿堂。1948 年初，张学云到重庆进行策反工作。他不断写信表示对妻子的思念。这封信就是其中的一封。

后来由于叛徒出卖，张学云被关进了渣滓洞。"11·27"大屠杀时，当特务把冲锋枪伸入牢门风洞口扫射时，张学云推开难友，义无反顾地扑向牢门用身体堵住敌人的枪口，壮烈牺牲。

张学云留给妻子的只有一只黑木漆盒和 28 封书信。近半个世纪，余显容就是读着这些书信，反复闻着它们的味道，一路走了过来。2002 年的"11·27"烈士殉难纪念日这一天，余显容老人把这些她视若生命的书信捐赠给了歌乐山革命纪念馆。

许 英

> 我忍受了一切艰难困苦，在生死的危机情况下进行着
> 顽强的流血的斗争，这是为了母亲、弟弟的永远解放。

作者简介

许英（？—1948），东北人民解放军第四纵队第十二师三十五团二营教导员。辽沈战役中，在进攻塔山时英勇牺牲。

书信内容

母亲，我想你……

十年来，我想着那出门在外，好像远在天边的山儿，我眼里含满了泪。他难道还会活在人间吗？忘记是哪一天，我记得好像有一只燕子带来了一封长长的山儿的家信。啊，那不是梦吧！起初，我还终日不断地牵念着我的儿子，现在十年了，也许他再不会存在于人间了。以后我便有时想起，却又很淡漠的从我的心坎间掠过，因

191

为不愿再忆起这令人心肠欲断的儿子的事。

　　妈，你是这样的在想念着你的山儿吗？现在我回来了，我这封信如果能寄到你的面前，就好像我回到你的面前一样。可是，我却仍在遥远的东北人民解放军中服务，我真没想到会在军队里过了十年，现在我已是成年人了。十年的革命锻炼教育了我，我完全明白我这十年的斗争是无比的光荣、伟大！我忍受了一切艰难困苦，在生死的危机情况下进行着顽强的流血的斗争，这是为了母亲、弟弟的永远解放。为着母亲的幸福，为着全人类的自由解放，我情愿以死杀敌，我的光荣正是母亲的光荣，全家的光荣。

　　我在抗战胜利后往东北的途中遇见了金烤、洪风，知道家里已是自耕农。我想，家是解放区，咱们可能划为富裕中农，也许以后平分土地时，部分土地分出了，如果确是这样，望母亲不必难过。我们多余的土地即是剥削而来，就该退还农民，没有什么可留恋的。我们应该依土地法大纲去做，遵守政府法令，更应积极生产，支援前线，一切要为全人类打算，不能为个人利益计较。你有了这为人类解放事业而斗争的光荣儿子，你就是为人类解放事业而斗争的光荣母亲。我想母亲见广闻多、通达真理，也许早做了模范母亲哩！

　　儿现在于东北人民解放军第四纵队第十二师三十五团二营任教导员，改名叫许英。为了完成党给予的任务，到东北后，我曾日夜不停地工作着，也很有兴趣，生活很好。

　　明年我们就会打进关去，东北我们有强大的炮兵、飞机、坦克，百万大军将来轰轰烈烈地打进关去，全国的胜利就在眼前，那时再见吧！

　　你的英勇的为人类解放事业而斗争的儿子彭山
敬礼！

　　祝母亲健康！

1948 年 8 月 20 日于辽宁省盘山县

这封烈士家书是解放军基层指战员许英在辽沈战役前写给母亲的，2002年8月在许英的弟弟家中意外发现。这封信展现了一个共产党人的宽阔胸怀，凝结着共产党人对母亲、对祖国、对广大劳动人民深厚的感情和为了人民的解放勇于献身的革命精神。

这封信是许英的战友二营营长李文斌在为烈士遗体装棺时，从许英衣兜里发现的。因当时战斗异常紧张，辽沈战役刚刚结束，部队就奉命入关，一路作战的李文斌直到平津战役之后，才将此信从北京发出。许英家属收到来信如获至宝，却不知烈士已牺牲100多天了。

1948年9月27日，为了肃清塔山防线之敌，在收复大、小东山的战斗中，敌人的子弹击中了教导员许英的喉咙，战友们要把他抬下去，但是，为了完成任务，他示意不要管他，全营继续进攻。这样，许英壮烈牺牲。

朱 瑞

我家有地出租，这就是地主，应做模范，把地自动让给农民，这才算名符[副]其实的革命家庭。

作者简介

朱瑞（1905—1948），字毅仲，江苏宿迁县人。1926年去苏联中山大学学习，同年加入中国共产主义青年团，后入炮校学习。1928年加入中国共产党。1929年回国。参加了长征。抗日战争期间，任中共北方局军委书记、山东八路军一纵队政委、中共山东分局书记等职。1943年到延安中共中央党校学习。1945年出席党的"七大"，同年8月任延安炮校代理校长。解放战争时期，任东北人民解放军炮兵司令员兼炮校校长。1948年参加辽沈战役，11月1日，解放军攻克义县后，朱瑞在查看战场时，不幸误踏地雷，壮烈牺牲，时年43岁。

书信内容（节录）

母亲，哥哥：

我在民国三十四年十月从延安到东北来，同年十二月彩琴带淮北也来到东北，在东北两年多了，我们身体都好。

彩琴又生一女儿，名字叫东北，很像淮北，快能走了，满健康。彩琴原先身体不好，生东北后保养的好，现在很壮很胖，请勿念。

我在延安就做炮兵工作了，因我在苏联学的炮兵，我很喜欢这工作。到东北后，人民炮兵大大发展，我很高兴地做着，身体比过去更好了，工作精力更大［旺］，工作也还顺利。

东北发展很快，我想不久我们就要打进关，与华北会合，胜利（这次是真正的胜利了）与家乡见面，希望母亲，哥哥，嫂子及子侄均健康，均团圆见面才好。

苏北及山东打仗很多，听说家乡年成很坏，不知家中如何？

农民翻身，国家才能强盛。我家有地出租，这就是地主，应做模范，把地自动让给农民，这才算名符［副］其实的革命家庭。我想母亲及哥嫂必定早都做到。我记得在山东时，母亲及哥嫂都说过，我家都参加革命了，要地是没用处的。这是对的！

母亲年迈，是否健在，时刻

不忘，务请哥哥据实详告，如仍健在，请多予侍奉，以期胜利后还能团圆，至盼！

至各子侄辈，仍希统统推动他们出来参加革命工作或学习，才不致落到时代后边，甚至做对人民不利的事情。此事请哥哥多负责领导他们。

祝

阖家平安

毅仲敬上

九月八日

点评

这封信是1948年9月8日朱瑞在赴辽沈战役前线的前夕，写给母亲及哥哥的。

1948年7月，朱瑞参加军区关于发动辽沈战役的准备工作。军区领导决定要他留在后方工作，但他坚决要求上前线。

10月1日上午，解放军发起总攻。不到6个小时，就将守敌全部歼灭，活捉了敌师长王世高，胜利拉开了辽沈战役的序幕。这次攻城中，我军第一次使用了从敌人手里缴获的美国榴弹炮。对于这种火炮的攻坚性能朱瑞同志还不了解，高度的事业心和强烈的责任感驱使着他，战斗还没有完全结束，他就从指挥所出来，身先士卒向突破口跑去，就在这时不幸触雷牺牲。

王孝和

儿之亡，对儿个人虽是件大事，但对此时此地的社会说来，那又有什么呢！千千万万有良心有正义人士，还活在世上。

作者简介

王孝和（1924—1948），浙江鄞县人。1941年5月4日加入中国共产党。1943年1月进英商上海电力公司火力发电厂（今杨树浦发电厂）工作，先后被推选为上海电力工会杨树浦分会干事及上海电力公司工会常务理事。1948年4月，因领导电厂工人声援申新九厂工人罢工而被捕，9月30日牺牲于提篮桥监狱，时年24岁。

书信内容

父母双亲大人：

好容易养到儿迄今，为了儿见到此社会之不平，总算没有违背做人之目的，今天完成了和的一生！但愿双亲勿为此而悲痛，因儿虽遭奇冤而此还是光荣的，不能与那些汉奸走狗贪污官吏可比！瑛，她在苦了，盼双亲视若自己亲女儿，为她择个好的伴侣，只愿她不忘儿，那儿虽在黄泉路上也决不会忘恩的。琴女及未来的孩子佩民应告诉他们，儿是怎样、为什么而与世永别的？！儿之亡，对儿个人虽是件大事，但对此时此地的社会说来，那又有什么呢！千千万万有良心有正义人士，还活在世上。他们会为儿算这笔血账的。双亲啊保重身体挣［睁］开慧眼等着看吧：这不讲理的政府就要挎［垮］台了！到那时冤白得申［伸］，千万不要忘那杀人魔王，与他算账。

人亡之后，一切应越简单越好，好在还有二个弟弟，盼他们也那［拿］儿之事，刻在心头，视瑛为自己姐姐，视二个孩子为自己骨肉，好好地教导他们，为儿雪冤，为儿报血仇。

特刑庭不讲理，特刑庭乱杀人，特刑庭秘密开庭，看他横行到几时？冤枉啊冤枉冤枉！

你的不孝男王孝和泣上！

民卅七年九月廿七日正午

点评

这是王孝和于 1948 年 9 月 27 日写给父母的遗书。这一天是原定行刑的日子，后因故改到 9 月 30 日。

1948 年 1 月底，上海申新第九棉纺织厂 7 500 多名工人，在中国共产党的领导下举行罢工。工人提出改善待遇等 7 项条件。2 月 2 日，淞沪警备司令宣铁吾、市警察局局长俞叔平出动 1 000 多名军警进行镇压。结果 3 名女工被打死，百余人受伤，200 多人被逮捕，随后有 365 名工人被开除，26 名罢工工人被判刑。惨案发生后，上海工人纷纷成立"申九惨案后援会"，开展了大规模的声援抗议活动。

当时王孝和是上电工会杨树浦发电厂支会常务理事，他代表工会参加"申九惨案后援会"，在厂里发动工人缠黑纱、捐款、抗议当局的血腥暴行，特务企图阻挠，他理直气壮地说："工人是一家，相互支援是我们分内事。"4 月，国民党当局为镇压工人和学生的民主运动，以破坏生产和社会治安等名义，在全市逮捕各厂工会负责人。19 日，特务闯进王孝和的家里要他自首，遭到拒绝。他妻子及好友要他到乡下暂避，但他考虑到党和工会的安全仍留下来。21 日清晨，王孝和被捕，在狱中顽强不屈，保卫了地下党的秘密和战友的安全。

6 月 28 日，上海高等特种刑事法庭判处王孝和死刑。上电党组织指定专人帮助王妻上诉，狱中党组织也帮助王孝和研究上诉内容。各界人士纷纷向上海高等特种刑事法庭寄送抗议信。9 月 24 日，特刑庭依旧维持原判。9 月 30 日上午，王孝和在上海提篮桥监狱刑场英勇就义。

骆何民

> 望你不要为我悲哀，多回忆我对你不好的地方。忘记我。

作者简介

骆何民（1914—1948），又名骆仲达，化名钟尚文，江苏江都人。1927 年加入中国共产主义青年团，后转为中国共产党党员。抗日战争时期，担任湖南《国民日报》编辑和衡阳《开明日报》总编。1946 年在上海从事《文萃》的印刷出版工作。1947 年被捕，1948 年 12 月被国民党反动派杀害于雨花台，时年 34 岁。

书信内容

枚华：

永别了！望你不要为我悲哀，多回忆我对你不好的地方。忘记我。好好照料安安，叫他不要和我所恨的人妥协。

仲达留

一九四八年十二月廿七日

点评

这是骆何民在就义前写给妻子的遗书。当时骆何民是印刷《文萃》（中国共产党领导下在上海出版的政治性周刊）的印刷厂负责人。

1945 年，骆何民到上海与《文萃》负责人黎澍和陈子涛来往。在新闻实践中，他认识到印刷是整个工作的重要环节，于是搞起了印刷厂。1947 年，他在亲友的资助下，开设了友益印刷厂，自任协理，负责接印件。7 月中旬，骆何民被国民党逮捕，这是他第七次被捕入狱。在监狱，他受尽酷刑，但毫不屈服。他把监狱当作学校，对难友进行气节教育。"受点刑没有什么关系，"同时运用自己多次被关押的经验，组织难友同敌人开展斗争。1948 年 12 月 27 日，骆何民被活埋于南京雨花台。

何柏梁

> 关于我的出去，对公司说，只要保证生命无险，就不必活动，反引注意。

作者简介

何柏梁（1917—1949），四川重庆人。1938 年加入中国共产党。1941 年毕业于复旦大学经济系，进复兴公司工作。1946 年，奉党的指示，在重庆开设安生公司并担任经理，暗中从事党的经济、联络工作。1949 年 1 月因叛徒出卖被捕。11 月 27 日牺牲于渣滓洞监狱，时年 32 岁。

书信内容

今天第一批提出十人，现又开［始提］第二批十人及第三批，今天一共二十七人……

关于 D[①]，今天来看病……因为官方人员都在准备疏散家眷，不妨安定他们，并且劝慰他们。他的离开，当然对我们的损失，能留一天算一天了。他太太职业，可借此多联络。主要探听二处动向和政策。

关于我的出去，对公司说，只要保证生命无险，就不必活动，反引注意。如再有条件出去，那太无价值了，静心等候解放好了。请你也安心，不要焦急吧。要以万忍的耐心候黎明。

——十四日

注释：

① D：狱医的代号。

点评

这封给家人的信写于 1949 年 11 月 14 日。何柏梁在狱中给家人共写了四封信，是写成便条，分别通过两个看守、一个狱医送出狱外的。这封信是其中的一封。

何柏梁复旦大学经济系毕业后，出任重庆安生公司经理，以职业为掩护，为党做了许多工作。后因党组织遭到敌人破坏，于 1949 年 1 月 6 日，在重庆不幸被国民党特务逮捕，关押在重庆"中美特种技术合作所"集中营渣滓洞监狱。在狱中，他利用自己的社会地位，巧妙地同敌人进行坚决的斗争。他还耐心细致地做特务的思想工作，并通过一个任值日官的特务，每周为难友们争取到一份报纸，

供大家学习。1949 年，狱中疾病流行，他通过看守特务买到一些药品和营养品，他自己丝毫未留，全部分给大家。他还经常鼓励难友们要战胜困难，坚强地活下去，争取在全国解放后，为新中国贡献更多的力量。在敌人的种种酷刑面前，他毫不动摇，坚贞不屈，表现了一个共产党员的高尚品质。1949 年 11 月 27 日深夜，被国民党反动派杀害于重庆渣滓洞监狱。